KB080438

친밀한 슬픔

친밀한 슬픔

발행일 2024년 6월 17일 1판 1쇄

지은이 박종언

펴낸이 김일수

펴낸곳 파이돈

출판등록 제349-99-01330호

주 소 03958 서울시 마포구 망원동 419-3 참존1차 501호

전자우편 phaidonbook@gmail.com

전 화 070-8983-7652

팩 스 0504-053-5433

ISBN 979-11-985619-3-0 (03810)

책값은 뒤표지에 있습니다.

박종언 시집

친밀한 슬픔

파이돈

내 연옥의 시절을 온몸으로 아파하셨던,

이제는 세상에 계시지 않는, 부모님께

추천의 글

허무와 냉소의 아교질로 구축된
전대미문의 생의 비가

시집 『친밀한 슬픔』은 조현병을 앓는 한 시인이 절망과 비
애를 문학의 자양분 삼아 한 줄 한 줄 적어 내려간 생의 비
망록이다. 내적 필연성에 의해 개개의 시편들의 제목이 지
워지고 숫자로만 표기되고 있는 시집 속 화자話者의 대부분
은 사회로부터, 운명으로부터 내몰린 사람들이자 시인 자
신이 바라보는 세계의 고통의 시적 등가물이다. 놀라운 것
은, 형식적으로는 정교한 건축학적 설계에 의해 지어진 듯
해 보이는 이 시집이 자본주의 체제의 강고한 힘에 떠밀린
뭇 소외되고 버려진 이들의 내상內傷에 입을 달아주고 시인
자신이 멀티 페르소나multipersona가 되어 준동하는 절망의
세계를 탄탄하고도 정밀한 시의 언어로 구현해내고 있다는
점이다. 그렇다, 시집 『친밀한 슬픔』은 허무와 냉소의 아교
질로 구축된 전대미문의 생生의 비가悲歌이면서 동시에 시
의 언어를 손전등 삼아 뭇 버려진 생의 호적부들을 일일이

호명하는 방식으로 사랑을 실행한다. 어둠만이 발호跋扈하
는 격절의 시간 속 마침내 시의 언어로 전화轉化된 시인의
통렬한 울음이 그토록 오래 그 자신이 꿈꾸었던 "시간의 밑
바닥을 밝히는 환한 눈보라"가 되어주고 있음에야!

— 김명리(시인)

그와 눈싸움을 해보고 싶다고,
나도 보고 싶다고

이 지구 방방곡곡을 다 보지 못하고 죽는 건 말이 안 되는 일이라고 생각했던 어린 시절이 있었다. 죽기 전에 이 별의 모든 것을 보는 것, 그것이야말로 인간으로 태어나 할 일의 전부가 아닌가 하고 믿었다. 물론 지금은 조금도 그렇게 생각하지 않는다. 나는 세상에는 보고 싶은 것보다 보고 싶지 않은 것이 더 많다는 것을 자연스레 배웠고 그래서 눈을 뜨고 있으면서도 눈을 감은 것과 별반 다르지 않은 모습의 어른이 되었다.

박종언 시인의 이 길고 긴 내력의 시는 부릅뜬 눈 같다. 잠을 잘 때에도 감지 않는 눈. 아무리 더러운 것 앞에서도 외면하지 않는 눈. 그의 시는 눈을 감을 줄 모르므로 끝나지 않는다. 도무지 깜박일 줄 모르는 그의 부릅뜬 시를 읽어나가다 보니 나도 눈을 한번 부릅떠보고 싶다는 생각이 든다. 나도 할 수 있는 만큼 깜박임을 참아가며 그와 눈싸움을 해보고 싶다고, 나도 보고 싶다고.

— 요조(뮤지션, 작가)

차례

제1부

네 존재를 언어로 호명할 때

당신,

사랑이 전부를 결정한다고 말했던,

당신

어디에

있어(요)

1

깊은
깊고 깊은
우물 속,
생을 할퀴고 지나가는
12월의 바람소리
창가에 선 그림자

너의 이름이 생각나지 않는다

19세기 맨체스트 방직공장을 나서던 네 이름이
마리아? 혹은 안나?
네 이름이 기억나지 않는다
말숙이? 춘자?

5월에 회사에서 정리해고 당한 후
종로 탑골공원에서 고개를 숙이던
젊은 너의 이름이 기억나지 않는다

네 이름이… 네 이름이…

네거리에서 노인이 지팡이를 떨어뜨렸다
딸의 집에 다녀오던 그는
익숙했던 길을 잃어버렸다
날 선 하늘이 그를 클로즈업하고,

아이가 달려가는 구로동 골목길
버려진 유치원 모자, 녹슨 세발자전거와 식은 연탄

빨래를 흔들고 가는 공장의 냄새, 녹슨 철문,
그 철문에서 나오는 젊은 얼굴,
너는 그때 비로소 '사랑해요'라고 말했다

아니, 너는
사랑이 지나가고 있다고 말했을 것이다

깊은
깊고 깊은
깊고 깊은 시린 우물 안

정신을 할퀴는 자정의 바람소리

맨체스터 공장 굴뚝에서 연기가 피어오른다
허나 네 이름이 생각나지 않는다

깊은
깊고 깊은 우물 안,

창가의 생을 할퀴는 12월의 바람소리
를 듣는 그림자
네 이름마저 기억나지 않는다

2

노랫소리 막 흐르고
유리 프리스카의 아리아
'신이여, 울게 하소서' 흐르고

곧이어 빌라 아킬라의 수난곡
'내 사랑이 지나쳤으니 나를 책하소서' 중

오페라 파트 2
'생의 절반에서 나는 길을 잃었네' 흐르고

어디선가 소복 입은 막달라 마리아가
동굴 속
예수의 부재(不在)를 알리려고 막 뛰어나오고,

신촌 카페 잉카에 들어선 국문과 김 교수는
오늘 심포지엄 발제문
'지구적 자본주의와 대항체로서의 문학'에 대해
지루했다고 허심탄회하게 읊조리고,

막달라 마리아가 카페 잉카에 들어가
신(神)을 믿으라 막 소리 지르고
구로역을 지나는 전철 안에서
무직자 김봉만(53) 씨가
성경 들고 '불신지옥'을 외치는
서순금(55 · 여) 씨에게
대놓고 '아 좀 시끄러워요'라고
막 싸움을 걸고

오후 2시

마침내 비가 내리는

깊고
깊고 깊은
깊고 추운 우물
우물 안에서 꼭대기를 쳐다보는 사내

뭐하고 있어, 올라와 어서

3

팔레스타인 민족해방운동을 짓밟은 건 너야
너는 인류의 운명을
이야기할 자격이 없는 놈
너는 너의 민족의 염원을 왜곡해 글을 썼던 자,

가지 마
내가 사랑한다고 말하잖아

사랑은

이 추운 날,

당신의 녹슨 철문 안으로 들어가는 거야

들어와

철문이 삐거덕거리면

당신이 오나 하고 내다보는 거야

그 철문

녹슨,

바퀴 빠진 세발자전거,

쌓인 연탄재,

귀퉁이 부러진 작은 평상

이층집 베란다를 흔드는 빨래

바람에 흔들리는 게 다 풍경(風景)은 아니야

너는,

그때 그 풍경 앞에서 목이 메었다고 했지

가난에 오버랩되는 눈물은

너의 유년이 목구멍까지 치밀었기 때문이야

그 골목길,

깊고

깊은

눈동자

너는 아픈 척하며 나를 불렀어

이곳이 나를 호명(呼名)한 거야

가장 더운 시간을 얻기 위해

지금은 가장 추운 걸 먼저 맛보는 거야

녹슨 철문,

푸르고 녹슨 대문이 열리면

너는 막 달려 나오고

당신,

아무것도 없이

어떻게 시간을 건너왔는지 말해야 해

목이 메었던 건 사랑이 아니라

가난이야

차마 말하지 못했던 거

말해 봐, 사랑이었다고?

그거, 그냥 끝나는 거지,

돌아볼 필요가 없는

괜찮아

이젠 아픈 척하지 않아도 돼

4

김 교수(61)는 앉아 있다

그는 지난겨울,

강의실 창밖을 펄펄 날리던 눈송이에 놀라

오후 강의를 휴강했다

김 교수는 다시 일어섰다

그는 어제

한 여(女) 제자의 장례식에 다녀왔다

그녀는 언젠가

'문학이 무서워요'라고 말했다 찻집에서,

문학이 애매하다고 말했다면

김 교수는 시간을 훨훨 날리며

생의 모호성과 경계의 시학을 읊조렸을 것이다
그러나 무섭다고
스무 살 계집애가
자신을 가장 모욕하는 말을 했다

며칠 후,

깊은

은하수 닮은 강물에 그 애는 몸을 던졌다

김 교수는 흰 머리를 쓸어 넘겼다

문학이 왜 무서운지 그 애가 알고 있었던 것 같아

아니야

나는 골목길
녹슨 철문 앞에서 네 이름을 불렀을 뿐이야
내가 흰 머리를 넘기며

네 존재를 언어(言語)로 호명할 때

왜 눈이 아팠을까

그런 생각을 하는 게 문학,

일까?

괴로움은 가장 일상적인 데 숨어 있어

멀리

손이 닿지 않는 곳

정신이 호명하지 않는 장소

묘지 같은 곳에는

영면(永眠)한 영혼들이 쉬잖아

거기에도 괴로움이 있다면

이 아픈 정신이 달아날 곳은 없겠지

5

너는 방금 아프리카를 두둔했어

수세에 몰린 앙골라 민족해방운동은

우리가 외롭고 아플 때
아무런 더운 손길도 주어지지 않을 때
당신은 어디에 있냐고 물어보는 성찰이야

멕시코국립자치대학교 학원 민주화 농성을 해산한
경찰의 새벽 진압 작전,
끌려가는 대학생 알레한드로(23)가
경찰에 머리 눌린 채
바라보는 카메라 앵글
몸부림쳐도 나올 수 없는 굴레에 갇히면
맹세는 기억에서 사라지는,

멕시코통신 사진기자가
스포트라이트를 비친 차가운 공간
비가 내리고
거기 연인인 남녀 한 쌍이
경찰 진압을 기다리며
서로 포옹하고 있는,

그 치(齒) 떨리는 뒷모습이

당신은 어디에 있냐고 묻고 있는 거 있지

어디에 있어(요)
우리가 이렇게 아프고 외로울 때
느닷없이 세상 아픔을 통째 짊어질 때
구겨지고 피 흘릴 때

돌아오겠다고 맹세했던
당신은 어디에 있어(요)

6

종로를 한 바퀴 돈 시인 이무혁(42) 씨는
골목길, 가로등 불 다 꺼진 신대방 3동
양철 대문을 열어주는 아내에게
백 년을 베껴 쓴 근대의 텍스트에는
탈출구가 없었다, 라고

술주정을 했다

십 년 전,
같은 이야기를 했을 때 아내는
사랑해요, 라고

말한 바 있다

지금 아내는

씻고 자요, 라고

말했다

대림역 인근 청송여관에서
오후에 깨어난 실업자 김준봉(37) 씨는
시간을 조롱하며 들어오는 햇살 앞에
어떤 굴욕감을 느꼈다

삼십칠 세의 잉여 인력을 받아줄 곳이 있는가?

하고

그는 뜬금없이 물었다

있는가?

여기서 브라질은 너무 멀어

에콰도르 선거는 무사히 끝났을까?

바쁘게 너는 걸어온 거야
망가졌지,
흑인 오르페의 기타 소리가 막 들리잖아

정보신문에 펼쳐진 구인란
아르바이트라도 해야 여관 월세를 낼 텐데
김준봉 씨는 이불을 뒤집어쓰고
막 소리쳤다

깊은
깊고 깊은
깊고 깊어 추운 우물 안

한 사내가 여전히 위를 쳐다보고 있어

나와 봐,

세상에 바람이 불고 하늘거리는 갈대들
저 속에 칠레 망명 시인의 집이 있어

시인 호세 카를로스 세르반테스(71)
얼마 전 그는 조국 칠레로 귀국하기 위해
칠레 정보요원과 만나
모종의 합의를 이끌어냈다

합의 1항: 조국 칠레를 비방하지 말 것
합의 2항: 조국 칠레를 조국으로 인정할 것
합의 3항: 조국 칠레로 복귀하는 대신
시를 쓰지 말 것

각서에 긁힌 시인의 친필 사인

시(詩)라…

세르반테스 시인은 혼잣말을 내뱉었다

시를 쓰면 망명하든가 가난하든가
둘 중 하나였지

인생의 가장 강렬한 햇살의 시간에
내가 건설했던 게 가난의 폐가(廢家)였다니

어차피 쓰지 않을 거야,
그놈의 시 혹은 문학은

지랄 같아

일부는 권력이 되고
일부는 용도 폐기되고
일부는 알코올중독자가 되고
나머지는 월세 싼 위성도시로
보따리 싸서 용달차에 실려 가는 거야

이곳은 비가 나린다,

내 조국에도
사이프러스 나무 잎새 건드리며
비 뚝뚝
내리고 있는가

7

구(舊) 서울역사 광장 벤치에 잠든
노숙자 이학출(52) 씨의 몸 위로
겨울 햇살이 막 쏟아지고
신(新) 서울역사 앞
출입구에 퍼질러 앉은 이정자(55 · 여) 씨가
정신의 교란된 언어를 마구 내뱉고,

부산행 기차표를 끊은 송복만(58) 씨가
기차표와 이정자 씨를 번갈아 바라보고 있다

우리는 어디서 만났던 것일까

가난한 자와 고통받는 자

이 둘은 왜 동의어처럼 느껴질까

범주화할 수 없는 가난과
수치화할 수 없는 고통

말해 봐 왜 동의어 같기만 한지

사립병원 소아정신과로
자폐증 아이를 데리고 온
젊은 엄마 이옥자(29) 씨,
아이는 말 대신 가끔 뾰족한 물체에
자신을 마구 내던진다
아이가 놀이상담을 받는 동안
보호자 대기실에 앉은 엄마는
창밖 하늘이 너무 파랗다고 생각한다

사는 게, 아이 때문에도 그렇고
경제적으로도 너무 힘들고
얼마 전에 애 아빠가 정리해고 당했거든요
이제 어떻게 해야 할지

저라도 편의점 점원으로 취직해야죠

마땅히 갈 곳도 없고요

게다가 전 여자잖아요

누가 뽑아주지도 않는데

지방대 나온 기혼 여성이

어딜 갈 수 있겠어요

한때 잘살고 싶다고 생각했어요

여봐란듯이요 네, 정말

근데 이제 아이 아빠가 얼른 다른 일 찾고

아이도 병이 낫고 그러면

더 바랄 게 없을 것 같아요

사는 게 이럴 줄 정말,

컷 신호도 나오지 않았는데

이옥자 씨는 입을 닫고

이윽고 두 손으로 얼굴을 가리고

울음을 터트린다

시간이 후두둑 지고

8

막노동꾼 심종만(47) 씨는
골목 언덕길 호프집에 앉아 있다

그는 막노동 일당 10만 원을
국방색 양말 안쪽에 숨긴 채

막노동꾼 김출봉(41), 이석만(58) 씨와 함께

생맥주를 들이켰다

한 번도 없었던 사랑의 기억보다
오늘치의 생활고가 더 앞서는 생(生)

아무도 기다리지 않는 반지하 철문 열 때
그는 어디선가 자기를 호명하는
노랫소리를 들었다고 생각했다

그래도 고시원 살 때보다 나은 거야

그는 철문을 닫으며 중얼거렸다
고시원에는 창(窓)이 없이도
군말 없이 다 살잖아
여긴 창문도 있고
바람도 쐴 수 있고,

안산시 사목고시원 310호 살 때
311호 뜨내기 목수 김가 놈이
친구하자며 다가왔는데

내 돈 50만 원 떼먹고 달아나버렸지
순 호로 개새.
이놈아
그래봐야 네가 부처님 손바닥 안인데

종만 씨는 양말에서 돈을 꺼내
슈퍼에서 소주 두 병, 오뚜기참치, 종갓집김치,
담배 디스플러스를 사서
철퍼덕거리는 정신으로 돌아왔다

불을 켜자
이윽고 드러나는
깊은
깊고 깊은 우물

나오지 않으면
그곳이 우리를 잊어버리는 곳

이달치 월세 30만 원
공동주택 수도세 6000원
아직 확인 미상의 가스비, 난방비

지상(地上)에 나왔다는 이유로
너무 많은 걸 지불하게 만드는 청구서들

전기장판 온도를 중(中)에 놓고
그는 텔레비전 스포츠 뉴스에 집중하다가
이윽고 길고 흉측한 하품을 한다

종이컵에 8할로 채워진 자작 술,

그는 사는 게 뭔지 이제 묻는 것도 귀찮다

올여름 노가다 뛸 때
산놀이 갔다가 폭우로 숨진 사람들 뉴스 접하고
소줏집에서 조장 엄 씨가 잘 죽었다고 말할 때
그래도 그게 할 말이냐고 쏘아붙일 걸 하고
그는 생각한다

조장 엄 씨가
"없는 사람 죽으면 마음이라도 아프지
비 오는 날에 뭣하러 산에 기어올라가
저런 놈들은 죽어도 싸" 할 때
그래도 그게 아니지 하고
그는 또 생각한다

삶은
애초에 그대의 뒤편에서 웃고 있는
뚱뚱한 골목

소주 두 병을 다 비우고

참치 깡통을 치우고
김치 국물이 묻은 정보지 종이쪼가리를
억센 손으로 둘둘 말아 치우고
종만 씨는
텔레비전 화면을 쳐다보고 있다

9

비가 내리는 골목길

박철환(39) 씨는 비를 맞으며 울고 있다

대학을 마치고도 자기 자리를 찾지 못해 헤매는,

결혼도 못 하고 고향 가는 것도 싫고

어제는 고향 아버지 전화를 받았다

"뭣하냐, 그만 시골 내려와서 농사나 짓자"

아버지, 제발 좀 내버려두세요
저라고 이러고 싶겠어요 불씨만 남았어요
청춘(靑春)의 통증 때문에 견딜 수 없어요

"세월이 수상타, 그만 내려와라"

못 내려갑니다
이렇게 간다면 애초에 기회라는 것도 없었어야죠

"와라, 거기는 늘 정신이 비 맞는 곳이다"

못 갑니다 제발, 아버지, 제가

"시간을 탕진한 네 꼴을 안 봐도 훤하다 어여 오너라"

아버지, 당신은 한 번도 저를 인정해주지 않았어요

"네 큰아버지 왜정(倭政) 시대 때
일본 유학을 갔느니라
나는 그 덕에 소학교도 못 다녀봤다

네 할아버지가 그랬느니라, 네 형 돌아오면
우리 가정이 피는 것이니
공부 못 한 거 서운해 말라고

나는 쫄바지 입고 학교 가는 애들 옆으로 지나
산으로 나무하러 다녔느니라

큰아버지 십 년 뒤에 일본서 병들어 죽고
니 할머니는 날더러
동해 해 뜨는 곳 향해 절하라 하더라

그게 다야
사는 게
그게
다다

더 이상은 희망에 속지 마라
장작은 마지막에 확 탈 뿐이야
잿더미뿐이지
그걸 믿는 자들이 어리석은

어여 내려와라 나랑 농사나 짓고 살자"

아버지, 저는 가난이 두려웠습니다

철환 씨는
비 맞는 전봇대 앞에서 막 운다
첼리우스의 '비극이여, 쓸쓸한 길목이여'
오페라 흐르고

10

너는 언어(言語)를 찾아가다가
삶을 놓쳐버린 거야
가장 가까이에 있던 것
가장 큰소리로 사랑한다고
말할 수도 있었던 것

한때는 위대했던 것이
오랜 시간 뒤
골목길

비 맞는 바퀴 빠진 세발자전거처럼
누추해지는 것임을

사랑의 밑바닥을 환하게 밝힌
너만의 이데아가 바람에 쓸려간 후

오류동 삼거리 분식집 안에서
끓인 라면에 김밥을 시켜 먹고
그냥
너는 잠드는 거야
언어(言語)는
애초에 없었어

사랑을
한때 너는
지고지순(至高至純)으로 생각했겠지

그 안에 얼마나 많은
모순의 형용사가 가득 찬 걸 모르고
무작정 달려가다가 어느 어스름지는 저녁

친구들 다 떠난 산길에서
두려움에 뒤돌아보며
때 묻은 손으로 얼굴을 가리는 게
네가 만든 사랑의
밑바닥 어둠이었어

지하의 희망노래방
4번 룸에서 부르는 유행가

어디선가 박수 소리 들리고

아침에
모서리가 찢어진 분홍소파에 엎어져
엉엉 울고 있는 상고 졸업생 최애자(18) 양

너무 슬퍼요

너도 곧 슬플 거야

그런 말이 더 슬퍼요

너는 더 슬퍼하게 될 거야
이층 베란다 위에 날리는 흰 기저귀,

너도 어느 날
지하철 2호선 구로역에 내려
집으로 돌아가는 길에 바라보게 될 거야

사랑해요라는 말을
다시는 안 하기 위해
너는 이를 악물게 될 거야

그리고 어느 날

영하 십 도의 치(齒) 떨리는 골목길에서
'그게 사랑이었나' 하고
너는 되묻게 될 거야

묻겠지?

그게 시간의 밑바닥을 밝히는
환한 눈보라였냐고

11

아이의 생일을 맞아
케이크를 사는 김서연(39 · 여) 씨
오후 여덟 시의 시내버스에 오르자
갑자기 울리는 풍경 속 캐럴송

그녀는 이혼녀다

전 옛날에 좋은 것만 생각했어요
하늘을 나는 코끼리
땅속을 지나가는 천사의 노랫소리
천둥소리에 주파수 타고 오는 천사,
내 사랑
그것 외에는 없었거든요

사랑이 오면

사랑의 물결을 따라 출렁이는 거
그렇게 살려 했죠

그게 일생일대의 오류에요
과오가 있었고
모진 삶이 확 펼쳐졌어요
뭐 순식간이죠
언제 사랑이었나 싶은 거죠

12

발제문: 전 지구적 자본주의 체제와 문학의 심연
뒤풀이 장소: 영만이남도식당

술자리가 파하자 김 교수는
헛되다라고 뜻 없이 외치며
귀가하는 길

문득 컴컴한 지하의 미인다방에 들어섰다
왜 이곳으로 온 것일까

그는 그 자신도 의아해한다

수족관에서 수포가 끓어오르는 시간
미스 김이 다가와 커피를 놓는다
프림 둘, 설탕 둘
스푼으로 막 휘젓는 손

자운영 꽃밭에서 너도 삶의
적막을 느꼈으리라

아니었나?

그는 묻는다

보라,
나는 문학이 무엇인지도 모르지 않는가
도대체 문학이 뭔가 문학은?

이정희 리메이크곡: 그대여 울지 말아요

커피, 저도 한 잔 사 주세요
이때서야 비로소 미스 김이 말했다

문학은
네 청춘이 삼켜버린 탐욕스런 빵이야

그래,
스물다섯 살 때 그녀가 내게 말했지
너는 그 탐욕으로
멸망하든가 웃든가, 울게 될 거야
하지만 가난하지는 않겠지
너는 문학의 밧줄을 잡아
세상의 지위를 구할 테니까

그래, 지위를 구하기 위해 나는 뛰고 뛰었어
누구든 세상 밥 앞에서는 고요해야 하지 않는가
자작나무만 있으면 시가 막 터져 나올 것 같았던
우리의 스무 살이 아니었나 이거지

기포를 치고 숨진 듯 붕 떠오르는 금붕어

이 생(生)이 지느러미 흔들며 막 떠오르는
그날들 동안 너는 뭐했냐
이런 질문일까

그때 보고 싶어요라는 고백에도
독이 들었듯이
이젠 어떻게 할 거야?
너는 나를 모욕하는 질문을 던진 거야

뭐 하시는 분이세요?

미스 김, 나는 말이야

이 빠진 칼처럼
영혼을 섬뜩하게 치지 못하지만
그래도 이 비루한 언어를
끝까지 못 놓는 게
시(詩) 아니었나

나 또한 오월에는 죽음만 생각했어

오월에도 시가 안 나오면 재능이 없는 거지

하지만
베란다 있는 아파트가 더 낫지 않겠어
편안한 흔들의자에 앉아
사물을 관조하다가
문득 시를 쓰는 게 더 낫지 않을까

시 한 편을 써서 받는 가난한 돈보다
교수 월급으로 편하게 사는 게
이 요동치는 삶을
기적처럼 안정시키는 거 아닌가?

아닌가?

뱃멀미하듯이 밀려오는 청구서에
머리를 감싸기보다
좀 더 교양 있게
돈 문제를 해결해 나가는 거 말이야

포도주 사서 길거리에서 마시는 보들레르보다
뭔가 정돈된 실내에서 오페라를 들으며
술을 마시는 게
낫잖아

그런 것까지 아름다움이라고
칭할 필요는 없겠지만 말이야

시를 팔지 마
시 쓰는 네가 내게 말했을 때
나 또한 모욕을 당했지

그렇지만 가난이
너에게 위로를 주는 건 아니잖아
그건 분명히 하자고

김 교수는 우울한 얼굴로
식은 커피를 내려다본다

가라, 보편적 슬픔이라니

인간의 고통은 다 달라
보편성은 무슨 얼어 죽을

김 교수는 커피 앞에 대고 욕을 했다

저희 아홉 시에 문 닫거든요

미스 김이 일어서며 차갑게 말했다

나는 문학 전공의
교수와 대학원생들의 심포지엄에서
저 전지구적 자본의 운동이 가지는
보편적 통증에 대해
시간을 훨훨 풀며
이야기를 하고 돌아오는 길이야

빈곤자는
와이셔츠도 삶에 저당잡히며 살아야 하겠지

그런 가난보다는

교수로서의 삶이 더 의미 있지 않을까

미스 김, 나는 말이야

저희 문 닫아요

하지만 나는 가진 자가 아닌데 왜 욕을 먹을까

가장 가까운 자들을 상처 입히는 게 인연이겠지

그만 일어나
늘 결말 없는 고뇌만 던졌잖아

너는 문학을 팔아
치욕스런 부유함을 얻었던 거야

13

너는 스물아홉 살의 요절을 꿈꿨지
아름다움에 의해 더 빛을 발하는

혹은

어둠에 의해 황홀해지는 작품을
세계에 던진 후
시간을 초월하는 이름이 되고자 했다

십 년 후,

그대는
그대가 완성한 가난의 미로 앞에서
머리를 감싸 쥐었다

당신은 당신의 좌절을 위로하고 있어(요)
당신은 비겁한 존재야(요)

라는 소리를 그는 들었다고 생각했다

애림정신건강의학과에서 상담을 받고 있는
이병만(49) 씨가 모놀로그를 한 후
박수 소리가 들리고

어둠 속
관객 한 명이 훌쩍일 때,

우크라이나는 왜 저항하고 있는 것인가 하고
AP통신은 정말 미국 중심의 시각만을 보도하는가 하고
비난을 면치 못 할 북핵 실험은 어떻게 되는가 하고
이 긴급 속보를 타전해야 하는데 하고

전직 지방지 기자 출신 김소향(35 · 여) 씨가
소망정신건강의학과 상담실에 앉아
혼자
읊조리고 있다

당신,
사랑이 전부를 결정한다고 말했던,
당신
어디에
있어(요)

14

타클라마칸 사막의
깊고 푸른 호수가 다 말라버리고
양의 목을 축일 곳을 찾아다니는 유목민
아디야 아흐마디(74) 씨가
방송 카메라 앞에서
울분에 차서 말한다

한때는 푸르름으로 뒤덮였던 이곳이
이제는 모래바람이 주인 행세를 한다

15

내려야 할 곳에서
겨울밤은 곧 내리게 될 것이다

너는 시(詩)가
어떤 더러운 시절처럼
누추하고 견딜 수 없다는 걸

알리기 위해 써온 거야

16

기억. 포도나무 열매의 시절을 보냄

수신: 지역 인터넷 신문사 전직 기자 박종언

"지금 나는 박종언 씨가 늦게 왔다는 사실보다도

자신을 변명하는 태도에 더 화가 나 있단 말입니다"

사장님, 저는 어떻게든 열심히 하려고 하는데

잘 안 되는 거 같고

뭘 해야 할지도 모르는 상황이어서

"회사가 박종언 씨의 문제까지 해결해주진 않아요"

저도 알고 있습니다 그래서 그만두려고…

죄송하지만

"들어온 지 며칠이나 됐다고

하아… 좋습니다 그렇지만

그런 식으로 살면 안 된다고 충고하고 싶네요

아무리 술을 마셨다고 하지만

퇴근하는 시간에 출근하는 사람이 어디 있어요"

죄송합니다 다시 한 번만 써 주시면

정말 최선을 다해, 열심히

"좀 전에 그만둔다고 하지 않았습니까

정말 참… 하아…

됐습니다

한 번 규칙을 어긴 사람은

또 같은 태도를 되풀이합니다

그만 일어서 보시죠"

저기… 열심히 할게요

"일어나세요 그리고 기억하세요

세상 좁습니다

박종언 씨와

나중에 어디서 어떻게 또 만날지 몰라요

함부로 살진 마세요"

천지사방을

적막으로 가두어 버리는 눈송이들

저 풍경 앞으로 열 번만 지나가면

비로소 어른으로 거듭난대

제 흥에 겨워 나는 중얼거리고

아니지, 아니지

그러면 몹쓸 추억만 가득 차게 되지

아니지, 어른이 되어야지

일 없이 사는 것도 부끄러운데

염치없이 술을 마시며

나는 왜 자꾸 웃고 있나

익명의 알코올중독자모임의

김모 형은 잘 지내는가

오늘은 뭔 눈이 이리 오는지

이 적막(寂寞)에

내가 취해 버린다

17

마태오 신부는
화엄사 대웅전(大雄殿) 앞에서
비를 맞고 있다

삶이여,
어느 외진 시간의 골목길에 비 내리고
거기 볼살 떨어진 슬리퍼 한 짝 비 맞고 있는;

이제는 묻지 않아도 쓸쓸함에 대해
나도 긴 편지 정도는 쓸 줄 안다

가을에는 오대산 적멸보궁에 가서 드러누웠고
봄에는 대원사에서 티벳 승려를 만났고
여름에는 인천 답동성당에서
겨울에는 성남 개척교회 맨바닥에 엎드렸다

남는 시간에는 중고서점에서

천주교리서 값을 흥정했고
그래도 또 남는 시간에는 웅크려 앉아
바다의 잔물결을 보았다

자주 만나자
운명에도 절차의 문제가 있다는 걸 나도 안다
병을 통해
퇴로(退路) 없는 생의 어둠을 보기도 했다만

삶이여, 그런 거 다 내려놓고
그저 자주 만나서
바다에 가서 바다가 주는 설교나 듣자
이제는 나도
한없이 파들어가는 짓 다 버리고
강변에 웅크려 앉아 강물소리 듣는 게
비루한 짓거리가 아니라는 걸
알 만큼 철이 들었다

자주 만나자
등 돌리고 다시는 안 볼 것처럼

돌아서는 날 많더라도
만나서 이야기하고 내가 먼저 전화도 하고
너 혼자 울라고 뿌리치고
내가 돌아서기도 하리라

그래도 만나자
쓸쓸하지 않아도 자주 만나서
쓸쓸함에 대해
가끔은 모른 척 등 돌려 이야기하자

18

그대의 사랑은
어두컴컴한 골목이었다

미로(迷路)가 아니면 분열증과 같은

19

수신: 김복영 문학부 교수님 전상서

선생님

대학 시절 강의실에서 나눠준 자료집에
자명(自明)하다고 생각했던 세계가 무너질 때
비로소 우리는
철학함의 세계로 들어간다는
그 말씀을 떠올렸습니다

이 명제의 테두리가
왜 병든 이후에야
환하게 불 밝히며 다가오는 것일까요

저는 지금
스스로의 소명(召命)에 취해 아파합니다

왜

초극적 아름다움이 지상에는 부재하는지

이 잔잔한 사파이어로 햇살을 뿌리는

서해바다에서
대오각성(大悟覺醒)하고 맙니다

누구를 붙들고 울어야 하는지 알 수 없습니다

풍경(風景)을, 시가 나중에 건드리듯
영육(靈肉)의 병듦이
개인의 잘못 때문만은 아니라는 것을
누군가는 병든 몸으로
지금 깨닫고 있을 겁니다

세계는 바뀌어야 합니다

침상을 잡고 일어나는
중풍 들린 이의 걸음걸이가
우리가 원래 온전하지 않음을 가르쳐 주듯이
각자의 걸음걸이로
한 세상을 건드리며 간다는 것을

따라서 이해받고 싶다는 말보다

너로 인해

내가 한 줌의 모래알로 저항할 수 있음을

세상에 선포하는 것일 겁니다

이만 총총

20

동성애자 김성욱(28) 씨는

왜 나는 사랑할 수 없는가라는 질문을

자신의 노트에 적었다

사랑은 뭘까

왜 성적 소수자는

권력과 대립하는가

최근 그는

동성애자를 위한 지하교회

부활절 성찬식에서 목이 메었다

거룩하다는 게 저런 거였지

서로가 서로에게 목숨처럼 덥게 다가가는 것

억압의 돌팔매질을 막아주는 사랑

우리는 지하의 바람소리야

가장 아름다운 세상 여행을 위해

네가 던진 돌멩이를

온몸으로 막아주는 거야

무서워서가 아니라

길들여짐의 상처가 뭔지

너보다는 먼저 알았기 때문이야

너는 비록 죄(罪)라고 하지만

우리가 목숨처럼 껴안고

돌 맞고 있는 게 보였다면

왜 너는 사랑을 심판하는가?

라는 이 구차한 질문을

그대가 먼저 그대에게 던져보길 바라기 때문이야

그게 다야

이 비루한 생(生)도

그저 흘러왔다가 가는 것

떠밀려왔다 가는 물결 같은 거라서

너의 비난과 심판을

온몸으로 맞으며

당신이

오는 시간을

기다리고 있을 뿐이야

어디에 있어(요)

사랑이 모든 것을 결정한다던 당신

21

누군가의 고통을 통해

괴로운 누군가가 위로받는다는 거

이젠 알겠네

있지도 않은 세상 법칙 찾아

오만 산길 헤매다가

인간의 고유한 길마저 체계화시켜야 안심하는

못난 사람들 때문에
또 못난 누군가는
그 길, 따르고 있으리라

그 길
다 돌아 앓아누우리라
그것이 부질없다는 걸 안 이후
파도에 쓸려간
자기 모래성을 바라보다가
마침내 울음 터트리는 아이처럼
헛된 거 찾아가다
천애 낭떠러지 만났을 때
털썩 주저앉아 한탄하지 않겠는가

너의 고통을 통해 내가 위로받는 거
한 사람이 위로받기 위해서는
다른 이가 대신
그 신열의 지옥불을 앓아주는 거
그거 아니라면
나 또한 살 수 없었으리

그대 사랑이 더 존엄해지기 위해

누군가가 망부석으로 기다리고 있다

눈비 맞으며

바다 저편에서

오지 않는 그대를 기다리고 있다

22

마음 어디로 갈지 몰라 떠돌 때

르스킨의 '슬픈 얼굴의 세계'를 들었다

지상에서 가장 아름다웠던 떠돌이

고작 머리 누일 곳이 없어 한탄하던 그리스도

저 공중 새도 저녁이 되면

보금자리를 찾아가고

여우도 제 굴에 게으르게 누우나

사람의 아들은

거처할 월세방도 없었다

염려하지 마라

내일 지는 들꽃도

아버지께서 키우시지 않느냐
하물며 사랑하는 아들에게서랴
전셋집도 월세방도 없이 길 떠났던 떠돌이
아픈 사람들
인상 쓰고 읍소(泣訴)하고 간할 때
그도 같이 아파서 자리 펴고 누웠을 거다
아프지 마라, 아프지 마라
그 손 잡고 같이 통분하여 눈물을 흘리며
가난한 자들의 이마에 손 얹고
아버지를 찾았다

아버지여,
세상은 악하나 아버지는 영원하시니
나를 아버지 손에 맡기나이다
너는 왜 심판하느냐
사마리아인이 이웃일 때 너는 강도였느냐
월세방도 없이 교통카드도 없이
온종일 베드로 손잡고 돌아다녔던 그

가지 않아도 되었던 길,

조랑말 타고 입성했던

예루살렘

아름다운 세상, 죄(罪)의 고향

제2부

허리 꺾으며 우는 백양나무 아래로

청평 지날 때의 북한강

흘러가는 모든 것은

뒤에 여운을 남긴다

세월이 그랬고

시절이 그랬다

23

내 빈말이라도 그대가
염려 말라고 우리 힘내자고 말해줄 때
나는 행복했네

가 보지 않은 길들 다 놓치고
빨래 더미로 쌓인 일상에서
눈시울 뜨거워질 때
그대가 빈말로라도 힘들지 물어줄 때
나는 행복했네

바람 부는 날이면
떠나고 싶었던 날들
비록 상처 주고 상처 입는 세상 길에서도
피 흘리는 정신으로 견디는 게 삶이라는
늦은 밤의 문자 메시지,
바람 부는 길목에 홀로 서 있어도
나, 두렵지 않았네

24

밤 아홉 시, 서울역
노숙자 김춘자(57 · 여) 씨가 말했다

떠날 거야
이곳은 행복하지 않아

어디로 간단 말인가
무대의 불이 다 꺼졌는데

시간을 거슬러 오르면
내 쉴 곳도 있을 거야
그곳은 나 혼자 가

목이 메는 그리움 없이도
사랑한다 말하는 게 삶인데
청춘(靑春)이 어디 있어
죄다 슬픔뿐이야

떠날 거야

안 돌아와

이곳은 행복하지 않아

돌아오지 않을 거야, 안 돌아와

복음성가 흐르는 서울역 계단 아래 공터

김춘자 씨는 가만히 앉아 있다

어디로 간단 말이냐

그대의 무대는 모두 끝나버렸는데

즉석 무대극으로 살아가는 거야

세상이 주는 쓴 잔만 받아 마셨어

안 돌아와

이곳은 행복하지 않아

25

그리움은

뒷모습으로 그대가 지나쳐온

풍경을 바라보는 것이다

오늘은 불행이 먼저 잠들고

생나무 태우는 고통도 지나갔다

삶이 추울 때 우동 한 그릇이

사랑의 신열보다 값진 것이리

욕망에 저항하다가

나는 얼마나 많이 주저앉았던가

마포구 공덕동 한겨레신문 사옥 앞

스핑크스 호프집 옆을

무화과 열매를 손에 쥔

성자(聖者)가 늙은 개를 끌고 가고 있었다

나를 왜 세상에 보냈습니까?

하고 묻고 싶었다

허나

어느 날, 모월 모일 모시에 그이가 와서

내 손을 잡고

이제 그만 가자 하면 나는

욕망 없이

그이를 따라나설 것이다

그이가 묻겠지, 잘 살았느냐고

눈물은 보이지는 않으리라

세상 길 다 걷고 난 후

당신이 더운 손을 내밀 때

나는

내가 할 일이 남았다고 읍소하기보다

그까짓 것 하는 마음으로

그이의 손을 잡으리라

그리고 당신을 사랑하면서

당신을 미워했다고 말하리라

나, 너무 미워하지 말아요

어둠 속에 웅크려서
당신의 육화된 첨탑 십자가를
오래오래 바라보았지

비록 당신 길의
반의반도 따라가지 못하더라도
나, 너무 미워하지는 마

나, 끝까지
인간으로 남고 싶었어(요)

26

너무해요
송경자(51 · 여) 씨가 말했다

지금 어디에요? 자고 있다고요?
전화는 왜 안 받아요?

나 좀 챙겨줘요, 안 그러면 나

다른 남자한테 갈지 몰라요

자다 깼어
전재호(57) 씨가 응답했다

어디라고? 혼자 있어?
그럼 이쪽으로 와

이쪽으로 와

시(詩)여

이쪽으로 와

이쪽으로 와

비록 무책임하게
오라 가라 해대는 말이라도
저 홀로 눈물 닦던 시절을
그대가 지워줄 수 있다면

이 숨 막히는 비굴함도
내 기꺼이 견디리

싫어요
당신이 와요
나 그렇게 값싼 여자 아니에요
혼자 사는 여자라고 함부로 보지 마요

나,
악밖에 없어
비참하게 하지 말아요

27

노철상(42) 시인
아내 가출. 현재 원룸에서 생활 중

오랫동안 나는 언어(言語)가
그리고 언어의 숙주 역할을 하는
정신이

골목길에서 나와서
광장으로 걸어나가기를 바랐다

문학(文學)이란 무릇
패배한 정신이
세상에 대해 복수하려는 이기심

작가정신은
집 나간 애들 엄마의 결기와 같은 거다

귀가(歸家)를 기다리다 서서히 잊혀지는 거
마음에 상흔이 켜켜이 쌓이는 거
그거,
문학을 꿈꾸는 한
동구 밖에서 기다리는 아이 마음으로
늘 아파야 하리

양푼밥 긁어먹는 아이들아

기다리지 마라, 니들 엄마 집 나갔다

나간 자는 무릇
폐인(廢人)이 되기 전에는 안 돌아온다

우리, 그냥 살다 가자

28

중요한 건, 살아남는 거야
어떤 치욕이어도, 고통이어도
일단은
그냥, 살아남는 거야

29

그대가 단련한 더운 언어가
눈물의 길 다 가도록
나는 좋았네

30

반지하에 사는 최두출(54) 씨는
김가네반찬집 이혼녀 오옥희(48) 씨에게
편지를 쓰고 있다
한 번도 해보지 못했던 사랑
골목길에서
치 떨리게 울어본 적도 없는 두출 씨는
비로소, 한 여인을 만났다고 생각한다

당신을 처음 보았을 때
내 여자라는 확신이 들었습니다
부디 저의 반려가 되어줄 수 있으신지요
지금 이 글을 쓰는 제 손은
피로와 아득함으로 떨리고 있습니다

12월 24일 그대의 최두출로부터

답신:
귀하의 편지는 잘 읽었습니다

저는 괴롭답니다

당신은 이 짓 하면서 괴롭지 않나요?

제발 저를 괴롭히지 마세요

벌써 몇 번째입니까, 당신에게 관심없습니다

제발 저를 놓아주세요

경고:

앞으로 한 번 더 이러면 경찰에 신고하겠습니다

31

그대가 그대의 시간을 다 흔들고 난 후에

비로소 그대의 여생(餘生)으로

걸어들어오는 이가 있다

이제,

손을 내밀어라

32

정신과 의사 닥터 최는 입원을 권유했다
폐쇄병동에서 한 달 정도 지내셔야 합니다

잠이 안 와요
늘 우울하고요

대기업 임원 최현민(57) 씨가 말했다

그는 의사의 입원 권유에 고개를 끄덕이고

겨울 는개비 오는 병원 창가에서 허허 웃었다

프런트의 간호사 유지은(24) 씨가
차트를 뒤적이며 그를 부르고;

아니야

나는 최선을 다해 살았어

공룡 같은 부피의 생을
온몸으로 밀며 앞으로 걸어온 거야

거리에 녹슨 채 버려져 있는
자기 운명을 학대하는
타자의 견고하지 못한 슬픔들을
나는 얼마나 비웃었나

비웃어주었지

저건 삶이 아니야

욕망의 그림자가 뒤로 밀려나듯이
삶의 수레바퀴가 앞으로 전진할 때

나는 얼마나 웃었던가

그런데

그 길 문득 끊기고

나는 아파

아파서 울고 있어

깊고

깊은 골목길

호명되지 못한 노래들

나는 아파

아무도 꺼내주지 않는 우물 안에서

나는 이렇게 앉아 있는 거야

33

너에게 골목은 가난의 풍경이었다
들어가면 걸어나오는데

너무 긴 시간이 걸리는,
형체가 바람에 의해 무너져내린 빨래
가장 아프게 버려지는 것들이 담긴 쓰레기통

그대가 바란 기적은
소망이 모두 무너진 후에
느닷없이 다가오는 것임을
그 녹슨,
철문 앞에 섰을 때
너는 후련하게 깨닫는다

가장 빛나던 곳에서 사랑을 말해버린 너
말하지 말아야 할 곳에서
사랑을 말해 버린 대가로
그대는 사랑을 놓치고
스페인으로 떠나버렸다

잘 지내는지?
이곳은 겨울이야
마드리드의 돈키호테 거리를 걸었어

아름다움이 왜 멀리서만 보이는지,

십 년 전 그대가 말했던
베고니아 꽃이 아프게 피어 있는 아침을
바라보는 것과 같으리

연꽃을 사랑한 자가
자청해서 진흙 속으로 들어가듯
그대도 그대의 진창길을
어디선가 걷고 있다는 거

창을 두드리면
구원의 종소리처럼 환하게 불 켜지던
그대의 창문

그러므로 잘 가라, 청춘

34

들어가도 안 되고
돌아 나와도 안 되고
천지사방 천애 낭떠러지이니
조금만 움직여도 추락하는 곳에서
어떻게 하겠느냐, 답하거라

조주선사가 일갈할 때
출가의 뜻을 품고 온 전직 유통업계 회사원
이철호(45) 씨가
가지고 간 보따리 들고
선사의 골방을 한 바퀴 빙 돌아
구석 자리에서 벽에 머리 기대고
엉엉 우는 시늉을 한다

선사는 그를 보고
어디서 왔느냐 묻지도 않고

가서 저녁 먹어라 말했다

35

사랑이 골목 안으로 들어와
눈비 맞고 바람 맞고 서서

어느 날 흔적 없이 사라져 버렸다고
덤덤하게 말할 수 있는 거

그런 게 있을 거라는 믿음

그게

시(詩)일까?

가지 말아요
사랑하지 않아도 지금은 가지 않는 게
최선의 방식이에요
그대 좌절을 세상에 보내기 위해
지금은 가지 말아요

그렇게 누가 말했다고

우울증을 앓는

김용주(35) 씨는 문득 생각했다

36

멕시코 반군(反軍) 가담을 앞둔

17세 청소년 안토니오가 아침 일찍 일어나

가장 가난한 지상의 거리를 내려다본다

웃통을 벗은 검은 몸을 감싸는 햇살

아름다운 게 있기 때문에

총을 잡을 수 있는 거라고

누군가 이미 말했을 거야

마르코스 사파티스타 민족해방군 사령관이

백마 타고 달려가는

밀림 속 푸른 숲 주변의 강물소리

지상의 날들이 다 아름다운 건 아니지만

어떤 날들은

축제의 폭죽처럼 터지며 아름답지

"안토니오
너는 나의 영웅이야
마른 미답지(未踏地)에 퍼붓는 빗줄기를 뚫고
곧 너는 길을 떠나겠지만
나를 잊지 마
너를 영원히 잊지 않을 거야
사랑하는 너의 막달라 마리아 씀"

셔츠를 입고 안토니오는 몇 자를 남긴다

어머니에게 용서를 구하는 일
마리아에게 입 맞추는 일
친구 알렉스에게 빌린 돈을 갚는 일
동네 로베르토 아저씨의 연장을 훔친 일을 사죄하는 일
결혼한 누이에게 편지 쓰는 일
골목 친구들에게 작별 악수를 하는 일
나를 입당시켜 준
세포조직책에게 찾아가 향후 일정을 듣는 일

그리고

이 가난이

지상의 우리가 만든 게 아니라는 걸

멕시코 국영방송사에 알리는 일

철자가 틀린 메모지를 접어서 주머니에 넣고

안토니오는 창밖을 본다

바람에 휘날리는 테라스 이층의 흰 빨래

어떤 가난의 풍경은 눈부시게 아름답다

마리아

휘파람 불면

발코니 문 열고 내다보던 나의 줄리엣

돌아오면 잔치를 하자

어머니와 로베르토 아저씨와 동네 사람 모여서

잔치를 하자

37

시 쓰는 방법을 알기 때문에
시상(詩想)이 떠오르면
거리로 나가 시를 버리고 온다는 시인

비록 생이 고뇌의 진창에 빠져도
시가
방송 광고의 택배가 되어서는 안 되겠기에
꽃물 든 언어가 무더기로 찾아오면
시인은 거리로 나가
시를 훨훨 날려버렸다

오류동재래시장 구석의 어물전 이금순(65 · 여) 씨가
동태 두 마리 삼천 원의 마수걸이를 위해
언어를 모두 권유형으로 바꾸었다
이 추운 날
더 추운 모습으로 장바닥에 앉은 그녀
해빙과 동결로 온전해진 그대의 광대뼈와
이제는 여자로서의 신성(神性)이 사라진

검은 손등 앞에서
어느 집시가 바이올린을 켜준다면
이 잡초 같았던 삶도
따뜻하게 부풀어 오를 것이다

꽃물 든 시의 울음소리가 잦아들어 잠들 때
비로소 시인은 집으로 돌아오고
시인이 지나친 어물전 이금순 씨는
건너편 신발 가게를
오래 쳐다보고 있었다

38

그렇다

그대는 골목길에서 나와 비로소
그대에게로 가는 길을 잃었다

사랑이 끝났기 때문이었지
눈 오는 밤의 풍경처럼 시원했어라,

한때의 사랑

열애의 시간이 황망히 지나가면

그대도 익숙했던

녹슨 철문으로 가는 길을 지우기 위해

이윽고 골목을 나와 대로변 네거리

신호등 앞에

우두커니 서 있게 되는 거야

사랑의 생애만으로 채워지지 않는 것

열애만으로 완성되지 않는 거

열애의 빈자리에 찾아오는

깨어진 병조각

맨발로 밟은

발을 타고 올라오는 외마디 비명

증오였을까

왜 왔어요

이젠 오지 마세요

길 안의 길

막달라 마리아

무직의 김영만(54) 씨가

아 좀 시끄러워요 소리치고

예수 천국을 외치는 한순녀(67 · 여) 씨가

그러자 더 큰 목소리로

신을 믿으라, 믿으라 하고 기싸움 하는

인천행 1호선 안,

에서 방금 나와

미인다방에 들어선 심윤철(47) 씨

잠깐 그대가 준 시간을 되갚아주기 위해

들른 거야

사랑이라고?

미움이었겠지, 그 사람, 떠났어

이젠 잊어(요)

깊은

깊고 깊은

우물 안

미스 김, 나는 말이야

누구 손님 더 오시는가요?

미스 김, 나는

서울사람 아니죠? 저도 커피 하나 시켜주세요

나는 말이야 미스 김

길을 잘못 드신 거죠, 당신은
당신은 당신 때문에 고통받은 거야(요)
당신은 당신으로 인해서

이젠,
용서하세요

미스 김, 나는 왜
골목에서 못 빠져나오는 걸까

저희 여덟 시에 문 닫거든요

그러니까 가세요

이젠 오지 마세요

미스 김 나는

오지 말아요

당신은 당신 때문에 아파서

당신이 만든 골목에서

증오를 물어뜯으며 헤맬 거야(요)

둘러봐(요), 오후 두 시야(요)

이 시간에 골목 다방에 죽치고 있는 건

당신뿐이니까

무조건 이해하라고(요)

가세요

다시는

내 이름을 호명하며

그 녹슨 철문을 두드리지 말아(요)

사랑이 모든 것을 결정한다고 말했던 당신,

오지 말아요

39

콩고에는 비가 내리고 있을 거야, 분명히
하면서
영등포역 노숙자 김천만(55) 씨는
뜬금없이 생각했다
비가 내리고 있는
콩고는 도대체 민주공화국인가, 독재국인가?

그렇다면
내가 시를 생각하는 건
무슨 이유일까?

하면서

천만 씨는 되지도 않는 질문을

자신에게 쏟아부으며
소주를 들이붓고 있는 것이다

그러면서 그는
어제저녁
자신의 적선 모금함에
10원짜리 두 개를 던진
용진유통 대리점 영업팀
신춘길(28) 씨의
경멸하는 눈빛을 떠올렸다

다 죽여버려야 돼 좆 같은 새끼들
10원짜리 던져주는 개시키들은
다, 죽여버려야 돼
나를 뭘로 보고

하면서
그의 등을 건드리며 저물어가는
붉은 노을을 향해 담배연기를 뿜었다

생은 어차피

그대 뒤에서 웃고 있는

뚱뚱한 슬픔

그때,

노숙자 이용환(51) 씨가

서울역 에스컬레이터 맨 밑바닥에서

전라도, 경상도 씨팔놈들 하며 울부짖을 때

대구 출신 최선호(48) 교수와

광주 출신 서정철(56) 교수가 씁쓸하게

에스컬레이터를 타고 올라가는 중이었다

전라도도 경상도도 고통받는 거겠죠?

그렇지요, 우리는

이중 모순의 땅에 태어났어요

어떤 지역에 태어나도 고난받는 거지요

40

너는 더 멀리 떠나서
그곳의 언어를 배워서
그곳의, 그 대지의 언어를 배워서
그들의 춤을 춰
이곳은
가난이야
가난의 눈보라가 막 몰아치는
너는 가난하지는 마
희망이 없는 춤은 추지 마

슬퍼요

들어와
녹슨 철문
여기가 너의 시작이자
너의 끝이야
어차피 들어올 수밖에 없는 곳
너는 왜 그토록 오래 피했을까

여기서 너는

멀리 떠나는 연습을 해야 하는 거야

41

칠 벗겨진 철대문, 눈 쌓인 길

아, 그때는 왜 그리 눈이 왔던가

괜찮아요 이젠 가 봐요

손잡고

가 봐요 어서 가 봐요

말로 달랜다

가는 길 뿌옇고

놓지 않는 그대의 손

차가워서 세상에서 가장 아팠으리

어머니 이후 육신에 닿으면

가장 아프게 신열 앓던 손

가지 말아요

이 말을 그대가 하고 싶었으리라

오늘은 그냥 이렇게 서 있어요

이렇게 서서 한 세월 지나가게

우리 그냥 서 있어요

주름 접힌 모든 거 펴는 철다리미처럼

너무 뜨거웠으나

그대 목 안에 그냥 가두었으리라

괜찮아요 이젠 가 봐요

녹슨 철대문

축포(祝砲)처럼

젊은 나이를 때리고 가던 눈송이

그대는 손잡고 흔들며

가 봐요 가 봐요 하고

나는 그대의 방황하는 눈을 대신 맞기 위해

그 자리 떠나지 못하고

42

언제 와요?

아주 먼 시간

아주 먼 길을 돌아서

그대에게로 가고 있는 중이야(요)

어디쯤 와요?

아주 먼 시간으로부터
아주 좁은 골목길을 다 돌아
가고 있는 중이야(요)

기다림이 끝난 후에도
당신을 기다려야 하는 걸까(요)

기다림의 소망이 다 무너진 뒤에도
아주 멀리서
아주 작은 모습으로
걸어오고 있는 그대를
내가 기다려야 하는가(요)

그렇지만 가고 있는 중이야(요)

붉은 사막이 얼어붙을 때
높은 파도가 산을 덮칠 때
여우가 자기 울음소리를 잃을 때

검은 강이 다 말라붙을 때
그때
그 폐허의 공간으로
내가 들어서는 거야(요)

그렇지만
빨리 와 줘요
너무 긴 시간 뒤에 오지는 말고

간절한 순간에 단 한 번
와 줘요

나는

고통받고 있어요

43

그대가 들어선 곳은 광야(廣野)였어
사십일을 시험받는 당신

내 안에도 광야의 바람이 불어
한 사십 년 된
몽골 초원의 바람소리
시베리아에서도 이런 바람이 불겠지

그러니까 골목에 휘날리는 빨래를 보고
그대가 목까지 차올랐던 눈물은
이미 그대 안에서 출발했던
삶에의 요청이었어
연민이라고?
말해 봐,
왜 연민을 말하고 나면
이렇게 목이 타는 걸까
목이 타
깊고
깊은
말라버린 우물 속
차가운 우물 바닥에
혼자 앉아 있는 아이

나와

어서 거기서

44

당신은 나의 길
매일 밤 흔들리며 당신에게로 간다
허리 꺾으며 우는 백양나무 아래로
나는 당신의 길을 따라간다
당신은 나의 배후
한 걸음 두 걸음
그대에게로 간다
작별 인사도 없이 갈라서고
사랑 없이도 사랑할 수 있는
당신은 나의 음모
당신에게 나는 뼈아픈 오류
과오가 있었고 부러진 노래가 있었던
당신은 나의 이름
당신을 호명하며 나는

당신에게로 간다

45

공원

쌈지공원

가로등 아래의 벤치

누가 다녀갔는지 소주병 하나

가로누워 있다

아

누가 맨몸으로 지상을

즈려밟고 갔구나

깊은

깊고 깊은

골목길에서 나오는 누군가가

홀로 바람 맞고 있다

46

여기
청년 혁명가의 생애가
있었으니,

만인(萬人)을 위한 길에 섰으나
만인에 의해 지탄받았던 사람
세상을 설득해서
만인의 집을 건축하려 했으나
만인의 시기(猜忌)로 추방당했던 사람
만인에 의해 저주받았던 사람
처형대 위에
노고지리 한 마리 날아가고
먼 산 위로
한 무더기 뜨거운 구름

마지막으로
물 한 잔 마실 수 있겠나
아니면 포도주라도

무성한 플라타너스 잎새
걸어오던 길목마다 손 흔들던;

갇힌 자 자유롭게 하고
억눌린 자 해방시키려 했던
내 모든 싸움이

환영(幻影)이었나
저 잎새가
나를 위해 애가(哀歌)를 부를 줄이야

만인을 위한 길이 헛되었으나
만인을 위한 집이 부질없었으나
만인을 위한
만인의 사랑을 위한 뜻이 있어
내 그 피 묻은 십자가 짊어질 수 있었다

지금 야유와 침을 뱉는 저들이 있으므로
내 혁명의 삶은 의미가 있었으리라

따스한 햇살에
한 줄기 칼날
그의 위로 번쩍 지나간다

나의 아버지 나의 아버지시여
어찌하여 나를 버리셨나이까

엘리 엘리 라마 사박다니

47

마음, 동백꽃이여
형식 없이도 내용은 이뤄진다
희생양으로 삶에 바쳐진 내용만이
타인을 위로할 수 있으리

청평 지날 때의 북한강
흘러가는 모든 것은
뒤에 여운을 남긴다
세월이 그랬고

시절이 그랬다

어째서 추억은 미(美)의 그늘을 드리우며

기억은 고통의 신열로 끓어오르는가

좁은 길은 이미 지나쳐와 버렸다

마른벼락이 정신을 내리칠 때

어차피, 그때

신전에

희생양으로 다 바쳐질 생명들

그렇다면

어제 정리해고 당하고

관악산 등산로에서 고개를 숙인

이경섭(55) 씨가 있다고 치자

그가 원치 않게 당하는 고통이 있다고 치자

그리고 제사장이 그를 봤을 때,

네 죄로 인해 고통당하는 것이다라고 말했다 치자

그때

그 곁을 가난한 시인 이용문(40) 씨가 지나가다가

그 외침을 들었다 치자

시인이 제사장을 향해
회개하라 간악한 자여라고 말했다 치자

형식 없이
그때 타오르는 신전의 불꽃
시인의 언어가 농부의 쓰라림을
위로해준 것인가

그렇다

나는
저 정념이
저 외침이
시라고 생각한다

바위를 치며 허공을 채우는
누우런 모래의 파도

나에게 그 풍경이 시다

48

투우사 산체스(23)를 향해
김 푹푹 내뿜으며 돌진하는 투우 소
붉은 천을 지나친 소는
자신이 지나온 곳이
허무라는 것을 알고는 더 발광한다
정신은
그 날카로운 뿔로
온몸 뒤척이며 뛰어들 때
분명히 앞에 있던 붉은 깃발이
그 환호가
자신을 위한 게 아님을 깨닫는다
깨달았다는 건
이미 늦었다는 것,

마침내 투우사가
마지막 창을
쓰러져가는 소의 등에

꽂는다

암전. 침묵.

얼굴의 땀을 닦으며 산체스는
스페인 국영방송 인터뷰에서 말했다
투우는 스페인적인 죽음의 철학이죠
소의 날카로운 뿔이 내 곁을 지나가는
그 50센티미터의 간격
그것이 스페인적인 삶의 형식을 드러내지요

라고 말했다

보라,

죽음은
늘 그렇게 아슬아슬하게
우리를 지나치며 경고를 보낸다

그때

일본 나고야 출신의 요오코(28 · 여) 씨가
붉은 저녁 그림자 맞는 대원사 법당에서
자신을 소개했다

한국의 불화를 배우러 왔어요 탱화라고 하죠
일본식 죽음의 형식이 탱화에는 안 보여요
그게 저를 혼란하게 해요

일본식 다도(茶道)는
인연에 대한 긴장을 드러내요
좁은 다다미방에
그대와 내가 무릎이 맞닿게 앉아 있다는 거
몇 겹의 인연으로
그대 육신의 온기가 내 곁에 떠돌고 있다는
그 서늘함이 일본 미학의 극치지요
그건 어쩌면 죽음의 미학일 수 있어요

그런데 조선 문명은
더 크고 혼란스러운 게 있더군요
그게 뭔지는 아직 몰라요

라고 말했다

신도림역 막 지나는 전철

1호선 구로에서 인천까지는
구도자들로 바글거린다
탔다가 내리고, 올랐다가 내려가고
오르락내리락하는 행자(行者)들 속에서

경전 없이도 경(經)을 줄줄 외우는
프로스펙스 운동화 신은 비구
인천 답동성당 신부, 원불교 여성 교무
개척교회 목사
강화도 거주 백운거사
젊은 인도네시아 산업연수생 등이
꼼짝 않고 앉아
눈 감고 자기 신(神)을 찾는다

그 주위를 휘황하게 밝히는
보조 수행자들

팔 다친 일용직 김씨, 다리 저는 장애인 송씨
달동네 통장 백씨, 사기꾼 주씨, 꽃뱀 곽씨
지루박 미스터 최, 데모도 허씨,
소매치기범 노씨, 등교 안 한 정 군 등

삶만 건드리지 않는다면
1호선 객차는 성전이다

저 삶과 죽음의 경계를 뚫고 지나가는
전철의 뒷모습이

혹

문학일까?

전철 좌석에 앉아 묵주 기도하는 아가다 수녀

학교 안 가고 건너편 의자에 앉아
문자 날리느라 정신없는
정 군을 유심히 바라본다

불쌍한

이 한마디 하려고
아가다 수녀는 성경을 덮고
살아있는 사랑의 대상을
오래 바라보고 있다

저 한국적 슬픔의 경계
혹은 모순의 그림자들이

혹

그대가 버리고 온

문학의

정신일까?

49

한창때는 세상 무서울 게 없어서
철삿줄을 이빨로 물어 끊으며 박수받았다는 사람
서영만(84) 씨는
따스한 겨울 벤치에 앉아
침침해진 눈으로 사물들을 바라보며
비로소 생각한다

한때는 나
구만리 장천을 무쇠의 마음으로 돌아다녔으나
지상에 돌아와 골방에 가둬질 줄은 몰랐다
부질없는 자랑이었고
잠시의 기쁨에 속았으니
이제는 없구나
나에게 박수쳐 주며 아부하던 자들
자기 십자가 가져와
대신 져 달라고 애원하던 자들
이제는
내 기우는 운명의 돌덩이도 힘에 부친다

어디로 가 버렸나

이무기처럼 하늘 못 올라

밤마다 컹컹거리며 연못을 못 떠나던 마음

사람 간 한 개만 더 채우면 사람 된다던

밤 골짜기 젊은 여우는

그새 사람 간 한 개를 먹었나

어느 총각 지게꾼 골짜기 나무할 때

저것만 먹으면 된다며 속삭이더니

그날 이후

연못가에 다시는 나타나지 않더라

사랑도 지나고

길 끊어진 꿈길만 남았다

마음은 어릴 때와 달라진 게 없으나

장터 무대의 차력사처럼

힘자랑하던 그 오후의 햇살

따가운 박수소리는 이제 사라졌다

회한(悔恨)도 아니고 뒤늦은 깨달음도 아니리

세상 모든 생명이 차력사를 꿈꾸며

세상 헛된 무대에 잠시 섰다가

그림자로 사라지느니
빛이 있으면 어둠도 가까이 있으리라
세상 빛에 속아
무대에서 내려올 시간은 생각 못 했으니
이제는 꿈길이 마지막 무대다

골짜기 캥캥거리며 달아나는
여우 그림자 하나

50

가난해도 누군가는 시를 쓰고 있을 것이다
극빈(極貧)에 처한 이가
천상 구원의 노래 부르는 것에
더 이상 시비하지 않겠음. 이상.

51

불안의 강이 앞에 흐르고
빈곤에 허우적거리는 삶의 노트를 펴

시를 쓰는 건

삶을 찬미하기 위해서가 아니다

곪아서 더 아름다운 노을이

강물에 자기 모습 풀어놓을 때

어느 순진한 시인이

자기 거 다 내주고

맨발로 구원의 길을

목놓아 외치고 있으리라는 확신이

지금의 불안을 잠재우는 것이다

그래,

네가 있으니 내가 산다는 마음,

그대의 고통 하나로

만인(萬人)을 먹여 살리고 있다는

궁극의 결정이

천상 그대의 잠자리를 아름답게 하리라

집 구하며 다 울어본 기억이 있듯이

다른 누가 당하는 그 고통에 공감해주는 것

하여

지금 그대에게 이 불안의 시를 보낸다

공감할 수 있는 자 나와서

함께 바람 맞으라

제3부

가장 아프게 빛나는 별

말하지 않아도 다 알겠지,

뒤돌아섰다가

네가 서 있던 그 자리를 흘낏 돌아볼 때 느껴지는,

아니, 그것은 바로

나 자신을 향한 물음인 것을

'외로운가' 하고 묻는

52

가난한 애인이여

괴로운 시절 다 지나간 후

어느 쓸쓸한 바람 부는 공원에서

지상에 추락한 우주 비행선을 타고

우리는 하늘로 가자

안드로메다 은하계에 두고 온

사랑가도 찾아오자

우주 비행선이 무한 우주를 거쳐

위로의 어느 행성(行星)에 데려다주리라

하늘은 높아 우주의 가을도 다 익었는데

메리고라운드 서커스단은

지금쯤 어느 소행성을

장구 두드리며 지나가고 있는가

그들도 만나면 마작도 벌여보자

우주의 초가 주막에서 쉰내 나는 막걸리도 마시자

곧 광대패가 억만 광년을 항해하다가

술추렴하러 그대의 주막에 들어서리라

한잔하세 한잔하세

우주비행선도 고치고
망가진 몸도 고치고
불러 보지 못한 열애의 노래도 한 곡 하자
하늘 날려고 만들었던 우주선도 버리고
메리고라운드 서커스 단원들은 어디로 갔나
뿔뿔이 흩어져 빈털터리의 지상으로 내려갔나

한잔하세 한잔하세

막걸리 한 주전자에 춤추는 광대꾼
어느 별에서 왔길래 그리 춤을 잘 추는고
어느 행성에 그리 기쁨만 넘치는고
그 별의 사랑도 길들여지는 것이던가
물어보며 대꾸하며
우주의 하루를 꼬박 새우자
새벽닭 울기까지만 꼬박 새우자
봐라, 별이 뜬다
아직 술자리를 끝내기엔 이르다

우주의 별 보며 한번 놀아보자
우주 비행선아 멈추지 마라 멈추지 마
새벽닭 울기까지만
멈추지 마라

53

아아
내게도 사랑이 있었으니
꿈속 아니면 찾아갈 수 없던 사랑이었네
꿈속에도 눈이 내리나
꿈속에도 바람 한 무더기 부나
어디서 그대가 와서
밤의 별소리를 흔들어 놓는가
가을도 아직 안 왔는데
그대가 먼저 와 가을이 되었다
어디서 왔나 그대는 어디서 왔나
꿈길 아니면 찾아갈 수 없었던

54

노숙자 천영태(61) 씨는
인도주의실천의사협회가 제공한
무료 노숙자 심리상담을 받는 중이다

불안하죠
늘 동쪽으로 시선을 고정하는 편이죠
양떼 몰고 오시는 분을 기다리는 심정이랄까
봉사단체가 제공하는 밥 먹고
서 있거나 앉아 있죠
선택은 아니에요, 합법적으로
국가 안에서 추방당한 자는
접촉하는 사물마다 불법이에요
무성영화죠
세계의 창밖에서 떠들어도 안 들리는

사유(思惟)하고 싶죠
분주한 세상 발걸음을 쳐다보다가

딱 한 번 행복했어요

부질없다 무엇하러 저리 돌아다니나

어차피 빈손 아닌가 생각했죠

대부분의 밤은 불행해요

불안하다는 거, 그게 불행이죠

모욕을 주는 시선

난 그냥 쓰레기 더미의 섬이에요

이기적인 사람들이 차려주는

백반은 먹고 싶지 않아요

입 삐죽이고 눈 흘기면서 꾸역꾸역 와서

밥 떠주며 하나님을 믿으라 해요

그래서 김씨가 식판을 엎어버렸어요

마지막 허영의 자존심요

아 그래 내가 사람이다라는

마음 하나요 그게 밥보다 중하구나 싶죠

전 누가 이렇게 세상을 만들었는지 알고 싶어요

저의 잘못만은 아닐 거예요

누가 이 불안한 삶의 강을 오염시킨 것일까요

돼지우리 같아도

자유롭게 몸 눕힐 인간의 침실

그런 것마저 빼앗은 실체는 뭘까 하는

밥보다 먼저 그걸 알고 싶어요

꽃처럼 만개한 자본주의의

사이렌 소리가 뭔가 노여운,

아뇨 노엽기보다는

끊임없이 경쟁을 요청하는 자들도

고요한 의식을 불안의 동굴 안으로 몰아넣는

그들에겐 우리가 사람이 아니겠죠

그런데 그들의 정신마저 왜곡한 어떤 실체,

그림자

같은 거 그게 이따금

궁금해요

그게 문학

일까요?

가해자가 너무 애매해요
동쪽으로 여전히 바람만 불어요

                    55

성 베네딕토 왜관 수도원의 구 성당 쪽으로
머리 숙이고 있는 꽃과 나무들
경배하는 것과 경배받는 것이
서로 맞절하고 있다

생명 갖고 나온 모든 것들에 의해
만들어진 저 풍경들
대저 빗속의 갈가마귀 같고
겨울밤 높은 파도와 같아
항복 받기 껄끄러운 마음이여

비와 바람이 건드린 자리에
낙화한 한 떨기 생명들
삶을 수용한 자의 떨어짐도
저리 아름다운 것일까

바오로 신부가 건네주는 수도원 소시지
어때요?
맛있습니다 너무 많이

사람이 건축한 성당에
어떤 성스러움이 내려와 앉고;

죽음은 분명히 찾아올 것이고
소리소문 없이 옆자리에 서서
그만 가자 요청할 것이다
그때 할 일이 남았다고 읍소(泣訴)하기보다
그냥 일없이 허허 웃으며 따라나서는 거
그 마음 하나 건축해 보려고
수도원에서 욕망을 항복받으며 사는 것이리라

꽃이 져서 더 붉어진 수도원의 길
미사 알리는 종소리가
저녁 길을 달구고 있다

56

그렇게 이치를 잘 알면서 왜 글을 쓰십니까

기자의 질문에 선승(禪僧)은 말을 딴 데로 옮긴다

뜨거웠으리 마음을 쿵 치는 뇌성벽력

이미 만들어진 선문답이 차단됐을 때

아무 말 꺼내지 못하고 뜨거운 정수리에

서늘한 칼날 하나 부비고 들어왔으리

깨달은 이가 어디 있으랴

깨달아 가는 과정도 없으리

나는 나를 잃지 않으려고 설거지를 할 뿐입니다

아, 병든 자가 찾아간 모든 곳에는

한 줌의 위로도 없더라

마음 표현할 언어가 없어 머리 조아린 자들이여

깨닫지 마라 깨닫지 마

추호도 깨달은 듯 말하지 마라

57

사랑한다 말하지 않아도
지상에서 축제로 다가왔던 그대,
오늘 바람이 크게 불고
바다에는 물결이 크게 일 것이다
가보지 않았던 많은 장소가 있을 것이고
함께 부르지 못했던 노래가 있을 것이고
소망으로 끝났던 회한이 있으리

목련꽃 막 졌다는 그대의 문자
그대 이름이 지상에서 가장 아름다웠으므로
그 사랑이 지나고 먼 날 우연히 만나
그대 없이는 견딜 수 없을 거라 믿었으나
견디던 날들 다 견디고 보니
그대 없이도
아름다움이 다른 방향에서 다가오더라고
말할 수 있기를 지금
마음에 담긴 언어를 다 풀어
그대에게 부친다

58

울지 마라 이젠 지겹다

울려면 딴 데 가서 혼자 울어라

내 속의 울음도 나는 감당하기 벅차다

다 죽어가는 목소리로

도움을 바라며 전화도 하지 마라

나는 아직 나 자신도 돕지 못하고 있다

전화에 실려 오는 짜증과

톤이 한 발자국이나 올라간 목소리와

자기 합리화와 변명과

마지막, 하르르 져내리는 침묵

왜 전화했는데?

엄청난 말의 장마당을 걸어나와서

그제야 본론은 시작도 안 했다는 듯

전화한 이유를 묻는다

다시 자존심과 변명의 칼을 들고

장터로 들어선다

너 혼자 울어라

울지 말라는 권유도 이제는 싫다

나도 울면 장마철 둑 터진 댐처럼

콸콸 울 수 있다

너만 괴로운 게 아니다

이 생이 절해고도(絶海孤島) 탐미의 카펫으로

내키면 툭 지는 벚꽃 같은 게 아니라서

장마당 날파리와 냄새와

온갖 더러운 것 다 호흡하고

지나가던 소금장수에게 발도 밟히고

장돌뱅이에게 마수걸이도 안 했다며 퉁도 듣고

품에 맞는 언어(言語)의 옷 하나 사기 위해

장바닥을 샅샅이 뒤지는 것뿐이다

너만 살갗이 얇아서 상처가 그리 나더냐

세상 것 두껍고 얇은 거 없이

제 살 소중해서

상처 나 피 흐르면 괴로워할 줄 안다

너 혼자 울어라

내 곁에 드러누워서 징징거리지 마라

따라오지 마라

네 길 네가 선택해 가다가

길 잘못 들어 저문 길에 막막해도
너 혼자 헤치고 가고 너 혼자 울어라

이젠 바뀔 전화번호도 묻지 마라

59

아무도 없어요? 아무도 없어
모두가 부재(不在) 중이야

60

아, 달밤에 홀로 비에 젖던 봉숭아
빨간 꽃물 손톱에 물들이는 누님
그 꽃물의 향내가 슬픔이었구나
가난한 누님, 잘 살아주시오
괴로운 게 삶이라지만
해거름 지려면 아직 먼 오십대
이애, 언제 한 번 왔다 가라
전화 소리

뒤돌아보니 창호지 닮은 달밤이
홀로 부르르 떨고 있다

61

마케도니아에 도착한 시리아 난민이
짐 하나 들고 막막하게 울고 있다
이 추운 밤,
그 신식민지의 애비뉴 거리에서
아이를 재우고 있는 젊은 안토니오 부부

보라,
피 흘리며 싸워도
아프리카는 해방되지 않지 않는가
포탄 소리에 놀란 아이가
무성영화로 울고 있는;

왜

세계는 시 같은 비극이 늘 잠재해 있는가

거짓말이야, 우리는 늘 싸웠잖아

좋아, 하고 그대를 지나쳐온 그가 말했다

21세기 식민지의 제3국에서 시를 쓰는 게
그리고
시가 씌워지지 않는다고 투정하는 게
그렇게 아니꼬운가

아니면 한 백 년
불시착해온 근대의 여정을
막다른 골목으로 적는다면

그대는 잠시 차가운 이마를 짚을 것이다

짚겠지?

20세기를 가슴 아파했던

모든 이들이 성자(聖者)였어

62

당신이 열어놓고 기다리고 있는

문 앞에서 나,

길을 잃었네

언제 와요 당신?

아주 긴 침묵이 끝난 후

1호선 인천행 열차가 긴 휘파람소리 낼 때

그때,

늦게 막차에 오른 자의 모습으로

그대가 오는 건가요?

가장 아픈 것이

가장 늦게 꽃 피듯이

당신의 그 찾아오심도 늦게

아주 늦게 오겠지요

기다릴게요

63

전직 구로공단 여공(女工) 김복자(78) 씨는

자랐다

태어났다는 말보다 더 앞서서 자랐다

강낭콩 알 톡 터지는 이팔청춘이었나

일하고 놀지 못했고 일하고 쉬지 못했다

시골, 이미 찢어져 버린 가난의 일가권속

아버지 그리고 애달픈 어머니

오빠, 여동생들, 막내 남동생

일한 대가는 그녀의 몫이 아니었다 아버지 손에

주었다 줘 버렸다 공손히 바쳤다

왜 중학교를 보내주지 않았어요

원망하는 마음도 염색물에 씻었다

살았다 아 그래 견뎠다

풀빵 맛이 가장 좋더라 공장 공터

점심 굶은 동무들

하늘 구름 뜯어먹고

깜빡 잠, 별 뜨지 않아도

대낮에 별을 보았다

현기증 나는 청청 하늘가

주었다 바쳤다

청춘.

갔다 보냈다 보내버렸다 울었다

청춘 유행가 하루 굶은 공장 친구가 잘 부르던

불렀다 외쳤다 외쳐버렸다 어머니 엄마

젊음.

젊었다 봉식이 휘파람 소리 휘익 꺄르륵

사랑이었나?

합쳤다 살았다 아이를 낳고 그리고

이후부터 견뎠다

방직공장에서 아파트 내부 청소원으로

삶이 이전했다

아이들 양육(養育), 그저 길렀다 자랐다 알아서 자랐다

사춘기의 큰딸아이, 뭘 해줬는데?

물었다. 성찰, 근본적 질문, 반항

뭘 해 주다니?

김복자 씨가 딸에게 치 떨리게 물었다

나가!

딸의 가출. 나갔다. 나가 버렸다. 무한한 빗소리

듣다. 들었다. 들어버렸다

맨몸 들킨 정신, 시간이 준 누명

시절(時節)들, 갔다 보냈다 보내버렸다 쓸쓸했다

어머니, 아 어머니 아버지 부재(不在)의 자리

학비를 대줬던, 이젠 먹고살 만한 남동생

인연. 끊었다 끊어버렸다 끊겼다 내버려두었다

나이 들고 어떤 것은 제자리로 돌아왔다

무럭무럭 알아서 다 자란 딸 아들

가출한 딸은 돌아오고

자랐다. 자라고 컸고 모두 떠났다

빈 바람. 맞았다 맞아버렸다 툭툭 털었다

닫힌 문

끊긴 길

닫다. 닫혔다 알아서 닫아주었다

가족사진. 배고플 때 부르던 엄마 어머니

그때의 무쇠 같았던 엄마만큼 한을 껴안지 못했다

좌정(坐定). 앉다 에구구 앉혀졌다

좌불(坐佛). 놀이터 아이들의 관객

백설(白雪)의 밤

누가 오는가?

문 열리는 소리

잘 수양하며 살았느냐?

이만 갈까?

아니리

세상 부재자의 불기둥의 문

열리다. 열렸다. 이제 그만

일어선다. 일어섰다.

문지방

한 걸음 내디뎠다

64

동인천역 4번 출구

오후의 광장으로 비둘기 날아오르고

거기, 낮술에 취해

지상에 드러누운 허봉곤(56) 씨

전철 덜컹거리는 소리 들리고

그는

육신을 떠나 정신의 꿈속에서

어린 날 진달래 뜯어먹던 시절로 돌아갔다

나는 세상이 마치 화엄 세상
꿈자리라고 생각하고 지상에 온 거야
어느 따뜻한 날,
천상(天上) 동무들과 화전놀이 나왔는데
산 너머 처연하게 빛나는 빛깔이

무지개로 번지는 게 보였거든
나는 물었지
저곳이 어딘가?
천상 동무들 내게
저긴 사바세계야, 괜한 데 신경 쓰지 말게
아, 그때 알아봤어야 했는데

봉곤 씨는 흐르는 침을 손등으로 닦았다

그때 나는 천상 세간살이 다 챙겨서
밤길 도주하듯
세상으로 자진해서 나와 버렸으니

그곳이 진창 바닥일 줄이야!

고운 빛에 속아 나왔다만
떨어진 육신의 자리는 진흙투성이었어
내가 선택해 나온 세상
탓할 것도 없다만
천상 동무들 나의 결심에
팔모가지 잡고 못 가게 할 것이지
그냥 내버려둔 건 아닌가 의혹도 들어

하여튼 정말이야
빛이 너무 고와서
나, 자진해 지상 하강했다니까

봉곤 씨는 꿈속에서
이렇게 말하고 있었던 것이다

65

무소식

너와 나 사이, 감감무소식이다

비 온 뒤 흙 위의 S자 라인의 지렁이

캄캄하게 눈 감고 그 자리 헤엄친다

66

먼 데서 도착한 나의 마리아여,

여행 가방을 메고

나는 그대의 골목에 서 있다

사막에서 일생을 보낸 성자(聖者)들처럼

우리도 사막으로 가자

모래 위에 집을 짓고

밤의 여우 울음소리를 듣자

전갈도 무서워하지 말자

무서운 건 삶의 의지를 죽이는 절망이다

무서움은 사실 우리 안에 있었다

사막에 누군가 불기둥을 만들어

가는 길 알려줄 것이다

우리가 우리에게 복종할 수 없는 날

우리의 눈물도 믿을 수 없는 날들 오리라

벌건 불기둥의 사막으로 가자

사막의 냉기를 느끼고

밤마다 깨어 있지 말고 곤히 껴안고 자자

사막의 여우 울음도

병든 자 시름 많은 자에게 축복이리라

여행 가방에는 시집도 넣지 말고

시(詩), 병든 시도 버리고 가자

서역 구만리 삼장법사가 들고 간

경(經)도 버리고 가자

깃발이라든가, 반야(般若)의 깨달음도 두고 가자

우리는 아무것도 아니다

아무것도 아닌 우리가

사막으로 가서 무엇이라도 되자

이곳은 행복하지 않다

사막에도 눈이 내릴 것이다

눈이 내리면 눈을 맞자

바람이 불면 바람을 맞을 것이다

오아시스가 없어도

누군가 물 담긴 항아리를 줄 것이다

무서운 것, 근심과 염려는 죄 같아서

아무것도 주지 않았다

사막이 두려운 게 아니다

두려운 건 사막이 아니라

열렬한 소망이 지고 난 후의 공허를

못 견디는 그대의 마음이다

진리도 법칙도 모두 버리고 떠나자

마리아,

아주 먼 시간을 지나

사막으로 가는 티켓을 산

그대와 나,

낯선 터미널에서 만나면

여우 울음 우는 사막으로 가자

집 짓기 전에, 우리 그곳에서

먼저 사나흘 실컷 울어버리자

67

말하지 않아도 다 알겠지,
뒤돌아섰다가
네가 서 있던 그 자리를 흘낏 돌아볼 때 느껴지는,
아니, 그것은 바로
나 자신을 향한 물음인 것을
'외로운가' 하고 묻는.

68

뱃사람으로 평생을 살아온 이용출(75) 씨가
물고기처럼 휘어진 허리로
눈 쌓인 마당을 쓰는 그림자 비칠 때
이윽고 청춘을 탕진한 가방을 들고
무대 우편에서 등장하는 탕자, 이대식(36) 씨
스포트라이트가 비치고

독백하는 그

아버지, 저는 전 생애를 아파해서

집에 못 왔어요

괜찮다

세월의 앙금 박힌 아비의 손이

신열의 이마를 짚을 때

비로소 흐려지는 뿌연 하늘

왔구나 내 아들,

아버지

점화되지 못하고 꺼진 성냥불

그게 제 삶이 되어버렸어요

오래 못 왔어요

다 버리고 내려오라는 그 전언도

멍든 꽃처럼 견딜 수 없었어요

붉은 바람이 부는 사막 세상을 떠돌다

이제사 집으로 왔어요

괜찮다, 다 괜찮다

아버지

이제는 세상에 계시지 않는

대식 씨는

아버지가 심어놓은 마당 소나무 앞에서

부재하는 존재를 불렀다

아버지

이제야 왔어요

당신 부재 후에야

온 정신으로 아파하며

이제야 왔어요

안드레아 로보스의 바이올린협주곡 제5번

'당신 떠난 그 자리에 눈이 내리네'

낮게 흐르고

69

중소기업 양명스틸에서 정리해고된

비정규직 이성규(47) 씨는

어느 오후, 광주로 가는 고속버스에 올랐다

왜 뜬금없이 망월동을 찾아가는 걸까? 하고

그는 묻는다

아는 사람도 없는데

그곳에 무언가 스스로를 일으켜 세울

순금의 기억이 있다고 믿었던 것일까

당신이 가서 얻어온 게 무엇인가요?

정신과 전문의 닥터 김이 물었을 때

이성규 씨는 삐딱하게 앉아서

그러니까 저는 청춘을 다시 묻고 온 거에요

라고 말했다

청춘이라고요? 상징적이군요 하고

닥터 김이 재차 답변을 강요할 때

그러니까

이젠 죽어도 그런 데 안 가겠다 그런 거죠

하고 말했다

닥터 김은

약을 좀 더 강한 걸로 드셔야겠어요라고 말하고

진료 차트에 상형문자를 새겨넣었다

하아… 당신이… 알고 있는 건… 내 안의 또 다른 나

그것도 모르는… 세상의 꽃 한 무더기

왜 당신의 불안정한 정신이… 나의 온전하고자 하는

정신에… 장작을 꺼뜨리면 어떻게 하는가

이상 소견서 서명자 닥터 김.

70

사랑은 끝난다

골목길 척진 빗속의 길목

바퀴 빠진 세발자전거 옆에서

그대가 헐겁게 사랑해요라고 말한 이후

사랑은 끝난다

깊은 우물 같은

깊은

깊은 우물

생을 할퀴는 12월의 바람소리

젖은 목소리에 담긴 빗소리

사랑은 끝난다

괜찮다 다 괜찮다

71

눈이 내린다

한때
열렬하게 끓어오르던 열정은 가고

무화과나무 아래의 괴로운 정신이
자기 정신을 위로하는 시간

눈이 내린다

돌아보라
얼마나 많은 것이
천지사방을 화려하게 꾸민 후에
지상의 밤길 걸어 사라져갔는가

1호선 소사역 인근 공터에서

극한의 빈자(貧者) 서창용(55) 씨가

목숨 같은 보따리 하나 들고

생을 감출 수 있는 공간을 찾아

헤매고 있다

들어가면

세계가 이름을 부르기 전에는

나올 수 없는

그 깊은

깊고 푸른

인적 없는 겨울 골목길

안으로

이제야 눈이 오는가

기다림이 끝난 후에야

눈이 오는가

가고 난 후의 마음이여

72

우리가 우리 울음을 다 울고 난 후
그대는 그대의 길이 끝난 곳에서
사막 저편에서
이윽고 그대를 데려갈 이를 기다릴 것이다

73

나는 탄식한다
어째서 고통은 이렇게 길고
잠시 기쁨을 맛보려는 순간,
삶은 끝나버리는가

74

당신은 언제 와요?

내일쯤, 아니면 모레
아니면 아주 먼 시간을 돌아서

당신에게로 오고 있는 거야(요)

내가 나의 세계를 다 돌아다닌 후에
그대의 정신마저 다 돌아본 후에
기다리는 것이
애초에 오지 않거나
기다림 자체가 끝나버린 후에야
비로소 오는 노여움이라면
이것이 사랑이었나 하고
나는 묻게 되겠죠

그래도 나는 가고 있는 거야(요)

아주 긴 시간
정박한 폐선(廢船)이 바다에서 끌려 나올 무렵
숲에서 길 잃은 아이가
때 묻은 손에 들린 꽃을 버릴 무렵
그대의 소망이
사금파리로 어둔 복도에 떨어져 내릴 무렵

그 캄캄한, 소망 없는 골목 안으로

내가 들어가는 거야(요)

그때 비로소 그대 정신이 갇힌

골목 비 맞는 철물을 두드리게 될 거야(요)

사랑이 모든 것을 결정한다던 당신

언제 와(요)?

청춘의 헛간에 비바람 칠 때

간절하게 한 번은

빨리 와 줘요

나는 고통받고 있어(요)

내일쯤, 아니면 모레.

아니면 아주 긴 시간을 돌아

아주 오랜 시간을 거쳐

당신에게로 가고 있는 중이야(요)

시가 찾아올 거야

억눌린 시대를 해방시키는 시의 길이

찾아올 거야

75

내려야 할 곳에서

겨울밤은 곧 내리게 될 것이다

왜

긴급하게 타전해야 할 시(詩)는

마지막에 넣어본 좌측 주머니에서

비굴하게 나오는 것일까

어디로 가야 될까 생각하는 게

너의 시였어

사랑했어(요), 어디에 있어(요)

당신을 피했어(요), 미안해(요)라는 게

삼류 시잖아

그 시 정신마저
떠나버린 후

골목길 쓰레기통 위로
눈 내리고
녹슨 철문 열고 들어서던 당신

시인의 덕목은 가난이다, 라고
그대가 열렬히 술주정을 할 때
당신을 위해 차려진 만찬
김치찌개와 계란프라이

전기장판 온도의 상승이
그대와 나의 거리를 당기고
우리는
길을 잃은 서로에게
더 다가섰다

너는
골목길에 떨어진 아기 기저귀를 말했고

나는
그것이 옆집 김춘자(35 · 여) 씨의 아기 기저귀라고 말했다

네가
구조조정 당한 남성들이
탑골공원 벤치에서 고개를 숙이는
아침을 말할 때
나는 인천 연안부두를 서성이던
실업자의 저녁길을 말했다

덕적도행 카페리호가 유령선으로 떠 있다는
문자 메시지

그날 이후

용궁다방 우측 구석에 앉은 그대가
자청한 가난의 대차대조표 앞에서
다시 머리를 숙일 때

그리하여

고통의 토대 없이도
사랑이 완성되리라 생각했던
그림자의 날들 보낸 후

연안부두 앞에서 비로소
나오는 깨달음, 긴 한숨

당신,

어쩌면

그 가난을 변명하며

위로받고 싶었겠지(요)

그렇지(요)?

76

잘 있어라

한 열흘 네 안에 살다 간다

올 때 꽃 피고 도화(桃花) 만발했는데

갈 때 보니

눈 내려 천지사방 하얗다

잘 있어라

어느 괴로운 날 오면

너도 내 안에

한 열흘 머물다 가거라

소반에 술상이라도 넣어주마

그 술 한잔 들이키고

너도 멀고 쓸쓸한 인생길에

내 안에서 잠시 울다 가거라

77

마음이여

밤 열두 시의 영등포역 대합실에 쪼그려 앉은

노인의 힘없는 눈매처럼

나를 눈물 나게 하구나

78

들어와

녹슨 철문

여기가 너의 시작이자 너의 끝이야

어차피 들어올 곳

너는 왜 그토록 피했을까?

79

벚꽃이 질 때는 몸이 아팠다

애인은 헤어지자고 문자를 보내왔다

여기는 연옥이야

희망을 가져서는 안 되는 생의 밑바닥

목숨처럼 지천에 흩어진 꽃들

그때, 벚꽃 다 지면 벼랑에서 헤어지자고

송민호(33) 씨는 애인에게 말했다

가진 거 없는 이들의 골목길에도

목숨같이 더운 꽃잎들이 와와 떨어졌다

그 꽃 진 자리에 흩어져 있는

슬리퍼 한 짝,

바퀴 빠진 세발자전거

다 탄 연탄재들

가난을 증명하는 온갖 생의 파편들이 웅크려 있는

그 골목 안

이층집 베란다에 널린 흰 빨래를 보면

너는 눈물이 난다고 했다

그건 너의 슬픔이

세계의 슬픔과 접속됐기 때문이야

그대 등 뒤로 지는 계절은 늘 절망을 닮았어

부여잡았던 이념이

저 꽃잎 하나의 무게도,

아름다움도 되지 못할 때

그대가 방파제에서 바라본 풍경은

치욕(恥辱)이었을 것이다

그래, 이제는 안다

하고 봉천동 네거리 신호등 앞에 선

을지인쇄소 경리 강유민(20) 양이 독하게 말했다

열애의 시간도 봄날 지는 벚꽃 같아서
오래 믿을 수 없다는 것을
그리하여
사랑이 어떻게 증오가 되는지
만 볼트 청춘의 고압선을 스쳐온
그녀는 깨닫게 되는 것이다
깨달았겠지

하지만 벚꽃 지는 나무 아래에서
꼭 당신 닮은 아이를 낳고 싶었어
신호등이 바뀌자
길을 건너며 강양은 고백한다

당신의 아이, 우주를 닮은 그 아이
그리운 나라의 그 아이를
당신도 나도 생의 알리바이 하나쯤은
만들어야 하지 않겠어(요)

그래서

네가 돌아설 때

그게 사랑이었나라고 치 떨리게 묻는

그 고통 하나쯤은 나도 가져야 하지 않을까

그녀는 앙다문 입으로 생각한다

벚꽃이 목숨처럼 그녀 어깨 위로 내려앉고

80

그대가 그대의 한숨을 다 흔들고 난 후에

비로소

그대의 여생으로 걸어들어오는 이가 있을 것이다

81

아프리카에서 중동까지

땅끝에서 땅끝까지 고통당하는 자들

시간이여

무릎에 머리 박고

황야에 쭈그린 아이를 노리는
검은 독수리의 눈매처럼 매섭구나

언제 와요?

내일쯤, 아니면 모레
아니면
아주 긴 시간을 돌아
아주 오랜 시간을 거쳐
당신에게로 가는 중이야

그래, 그 기다림이 끝나면
그때서야 당신은 올 것이다

82

집 가까운 곳에서 전화하면
늘 부재(不在)하던 그이

어디에요?

집 근처야

나갈 수 있는데

괜찮아

당신은 늘 그랬어

몇 년 후엔 만날 수 있을 거야

아니면 아주 오랜 시간 뒤에

우린 늘 싸웠잖아

그랬지

우린 안 맞는 사람들이야 그런 거야(요)

그랬겠지(요)

그런데 우리가 정말 사랑했던 걸까(요)

이렇게 미워하는데

왜 당신은 내 곁에 머무는 걸까(요)

길 건너편에서 손짓하던 그대

나도 알아, 비가 내리던 그 골목길에서

목숨처럼 껴안았던 뒷모습이

단 한 번
고통받을 때 와 달라는
거룩한 임재의 요청이라는 것을

다 지나갔어

AFP 통신 사진기자가 찍은

끌려가는 제3세계 무산계급 육체들의

참혹하게 아름다운 절규

위로

마침내

비가 내린다

눈에 파묻혀
봉우리만 피어오른 동백꽃이 있다는군요
그 붉은 꽃잎이
치유로서의 온전함일까요

온전한 치유보다는
서툴고 불안하지만
이 운명에 지불해야 하는 치 떨리는 통증을
견디는 것

치유란

그런 거겠죠

거기
깊은
깊고 추운
골목길 안의
당신?

이젠 잊어요 그리고

당신의 이름을 세계에 말해(요)

깊고

깊은

깊고 추운

깊고 어두운 우물 안

이제

온몸으로 나와요

가장 아프게 빛나는 별, 당신

고운 목소리로 슬픈 얼굴을 불러내어

김완(작가, 특수청소노동자)

글 쓰는 노동자로서 세상의 노고를 살피건대, 시는 얼핏 유순하고 한갓져 보여도 때가 되면 앙세고 준엄하게 일을 해내는 것 같다. 곤궁한 사람 곁을 떠나지 않고 마음이 누그러지는 틈을 기어이 배집고 들어가, 어르고 달래고 다독이는 일. 고난에 바동대는 이의 정신 줄 한 가닥을 붙잡고 끝끝내 끌어올리는 일. 시가 제 몫을 하지 않았다면 인간의 아득한 세월을 버티며 여태 살아남지 못했으리라.

진자리와 외진 곳을 배회하며 시들고 버려지는 것 안에서 생의 징후를 찾는 자로서 바라보건대, 시의 기능은 관계하지 않는 것을 서로 이어 통변通辯하는 일 같다. 강가에 몸을 뉘었으나 일생 물에 닿지 못하고 태양에 바싹 마르는 돌멩이, 남몰래 골목에 버려진 말짱한 의자, 담장 그늘에 도도록 내려앉아 내일이면 서로 흩어질 붉은 꽃잎의 무리……

세상의 변두리에 내앉은 온갖 정물에 동물인 인간의 마음을 엮어서 온기를 나누고 숨을 이어보는 일. 먼발치에서 본 슬픈 얼굴을 내 안에 들여보내 낯선 상련相憐의 자리를 주선하는 일. 당신을 낳으신 어머니가 내 피붙이와 다를 게 무어냐고 굳센 믿음을 갖게 하는 일. 시는 유구한 세월 속에서 갖은 오지랖을 부리며 인간과 세상, 나와 당신을 아물리고 통음通音해 왔는지 모른다.

나부죽 엎드려 다시 일으켜줄 맞은바람을 기다리는 풀잎 같은 존재로서 돌아보건대, 또한 시의 역할은 누구도 배제하지 않고 모든 이름을 불러주는 일 같다. 시인의 참된 노동이 있다면 고난의 세월 속에서 아무도 지나치지 않고 찬찬히 얼굴을 돌아봐 주는 것이리라.

김봉만(53), 서순금(55), 알렉한드로(23), 이무혁(42), 김준봉(37), 호세 카를로스 세르반테스(71), 이학출(52), 이정자(55), 송복만(58), 이옥자(29), 심종만(47), 김출봉(41), 이석만(58), 박철환(39), 최애자(18), 김서연(39), 이병만(49), 김소향(35), 아디야 아흐마디(74), 김복영(61), 김성욱(28), 김춘자(57), 송경자(51), 전재호(57), 노철상(42), 최두출(54),

오옥희(48), 최현민(57), 유지은(24), 이철호(45), 김용주(35), 안토니오(17), 이금순(65), 김영만(54), 한순녀(67), 심윤철(47), 김천만(55), 신춘길(28), 이용환(51), 최선호(48), 서정철(56), 이경섭(55), 이용문(40), 산체스(23), 요오코(28), 서영만(84), 천영태(61), 김복자(78), 허봉곤(56), 이용출(75), 이대식(36), 이성규(47), 서창용(55), 김춘자(35), 송민호(33), 강유민(20)……

한 나무줄기에서 비롯되어 높은 가지가지마다 무성히 자란 여름 잎사귀와 같이, 박종언의 시에는 한 하늘 아래 저마다의 굴레를 뒤집어쓰고 장차게 살아가는 사람들이 있다. 태어났으니 각자 이름을 얻었고, 살아있으니 옆구리마다 세월의 괄호를 짊어졌다. 무직자이거나 막노동꾼, 동성애자, 노숙자, 시인, 노방전도자, 대학교수, 기자, 유목민, 여공, 간호사, 우울증 환자, 영업사원…… 또 누군가의 딸이자 아들, 어머니와 아버지로 살아가는 사람들. 이 시가 생전 따로 볼 일 없는 자들이 저 멀리서 읊조리는 가난하고 부박한 삶의 신세타령일 뿐이라면 왜 여기 내 마음에 들어와 어둑한 동굴을 만드는가? 이 친밀하고 슬픈 안색은 어느 생의 고샅길에서 인연으로 마주쳤기에 오늘 함께 근심하는 식솔

이 된 것일까?

박종언의 눈은 저 외딴곳에 분리된 듯 보이는 단 한 사람일
지라도 모든 존재의 속내를 다 품고 있음을 본다. 너의 외
로운 노래는 너와 나, 우리 모든 삶의 메아리이다. 상즉상
입相卽相入의 세계는 단 하나의 노래에 모든 것이 깃들고 모
든 노래 안에 그 하나가 오롯이 충만함을 흘려듣지 않는다.
티끌 하나가 모든 생을 품었으니 새벽 풀잎에 맺힌 이슬 한
방울도, 세상에 무연히 내동댕이쳐진 그 어떤 하릴없는 존
재도, 오직 하나인 이 세계에서 정녕 귀하지 않은 것이 없
다. 나뭇가지 끝에 매달린 여린 잎사귀인 당신이 마침내 신
을 부르는 찰나에 시방삼세의 모든 문이 열리고 너와 나를
나누지 못하는 온전한 사랑이 영원한 답으로 모두에게 주
어지리라.

아픈 정신으로 세상에 나뒹굴며 여태 이름을 부르는 시인
이여, 고단한 삶의 틈서리마다 문학의 생령을 욱여넣는 자
여, 위태로운 명줄에서 차마 손 놓지 못하는 자여. 외진 곳
에서 버려진 것을 불러와 생명에 접붙이려는 자여. 당신이
시로써 이름을 부르면 어둠에 잠긴 세상 한가운데 빛은 고

스란히 내려오는가? 삶에 등 돌려 방구석에 깊이 들박힌 자가 녹슨 철문을 박차고 길을 따라나서는가? 깊은 우물 바닥에 하염없이 웅크린 자가 부신 눈을 비비며 손을 뻗어 지상으로 둥둥 떠오르는가? 세상은 길을 잃는데, 아픈 당신은 왜 여태 길을 찾고 있는가?

사랑은 아무도 잊지 않았으니, 어느 밤 당신의 고운 목소리로 세상의 모든 슬픈 얼굴을 불러내어 함께 저 뭇별의 환한 빛으로 돌아가리라. 그 빛 속에는 사랑밖에 영영 아무것도 없어라.

시는 아름다움이 아니다. 시는 지극히 비겁하며 그런 의미에서 지극히 더럽다. 더러움의 뿌리에 시가 기생한다. 따라서 시를 껴안고 있는 삶 역시 더럽고 불순하다. 모든 이성이 광기를 동반하는 것은 아니나 어떤 광기는 이성을 초극해 버린다. 이성 너머의 이성이 곧 광기다. 나는 그 광기의 돌다리를 더듬거리며 건너왔다. 이제 놓아주고 싶다. 하나의 시적 언어에서 하나의 고통을 본다는 이 말은 거짓말이다. 시는 고통이 아니다. 시는, 진실을 넘어선 어떤 거짓말이다. 따라서 그 거짓을 거짓으로 마주 보게 하는 힘, 진실을 원군으로 소환하는 힘, 삶의 전략을 재편하는 사유, 이 모든 것이 거짓과 함께한다. 시는, 따라서 아무것도 아니다. 아무것도 아니기에 무엇이 될 개연성을 갖는다. 더럽다는 것. 그것이 시의 총체적 의미다. 그리하여 연꽃은, 그 자리에서, 핀다.